色を忘れた世界で、君と明日を描いて

和泉あや

双葉文庫
パステルNOVEL

カバーイラスト／はやしなおゆき

目次

第一章

いつわりキャンバス

——やっぱり違う気がする。

夕陽に染まる駅のホームで、手にしたスマホに視線を落とし、小さくため息を零《こぼ》す。

液晶画面に表示されている描きかけのそれは、在学している渚宮《なぎみや》高校からほど近い海岸の景色。下校する際、美術部で撮ったわたしの絵だ。

連なる山の稜線《りょうせん》と、打ち寄せる穏やかな白波。夕刻に差し掛かる太陽を背に、波打ち際で戯《たわむ》れる親子。

心温まる風景に色づけを始めて数日、わたしは今回も自分の絵に納得ができないでいた。

『二番線、電車がまいります。黄色い線の内側までお下がりください』

聞き慣れたアナウンスを耳にふと視線を上げると、線路の向こうのインフルエンサーと目が合った。

大きな看板の中、個性的な出で立ちの彼女の横には、ダイナミックなフォントで『アナタらしさで突き進もう！』と書かれている。

その言葉が心に引っかかるのは、わたしが抱えている問題のせいだろう。

納得のいく絵が描けないことと、もうひとつ——。

思い当たるそれが脳裏をよぎった時、わたしの左隣に並び立つ人の気配がしてちらりと視線をやる。

「あ」

思わず声が漏れたのは、渚高の制服に身を包んだその長身男子を知っているからだ。

白いシャツの首元を緩く締めるストライプのネクタイが、ふいに吹き込んだ風に揺れる。目元までかかる少し長い黒髪もさらさらとなびいて、前髪の隙間から涼やかな双眸《そうぼう》がこちらを見た。

ばちりと目が合い、わたしは慌てて愛想笑いを浮かべる。

「おつかれ。佐野《さの》も部活帰り？」

バスケ部の彼がこの時間にここにいるならそうだろうと踏み、社交辞令で挨拶する。

しかし、イヤホンをしている彼には聞こえなかったようだ。

「なに？」

片方だけ外してぶっきらぼうに聞き返される。

「おつかれって」

「おつかれ」

素っ気なく返事した佐野は、またイヤホンを耳に突っ込んだ。

相変わらず愛想がない佐野翔梧《しょうご》は、同じマンションの同じ八階に住んでいる。

いわゆる幼馴染というやつで、小学生の頃は『翔梧』『和奏《わかな》』と名前で呼び合い、よく一緒に遊んでいた。

けれど、思ったことをはっきり口にするマイペースな彼を、中二の『あの事件』以来苦手に感じるようになり、気づけば避けるようになった。

だというのに、高校も一緒で、二年の今年は同じクラスになってしまった。

加えて、先日の席替えでは隣の席になる始末。

最早《もはや》ここまでくると、今まで自分の都合で佐野を避けてきた罰でも与えられているのではと思えてしまう。

とはいえ、彼から声をかけてくることはほとんどない。わたしから話しかけなければ問題ないはず。

そう思いながら過ごすこと早《はや》数日。

教室では特に問題なくとも、こういう場面では少々そわついてしまう。

並んで立っているのに、挨拶だけでは感じが悪いだろうか。

彼と仲がいい堀江《ほりえ》君は、佐野がイヤホンをしていてもかまわずにガンガン話しかけていた。その時の佐野は、特に嫌がる素振りも迷惑そうな顔もしていなかった。

わたしもそうするべきか。

悩んですぐ、『でも』と臆病なわたしが顔を出す。

相手が望んでいなかったら?

よかれと思っても、『あの時』みたいにまた失敗するかも……。

ぐるぐると思い迷っているうちに、電車がホームに入ってくる。

その瞬間、助かった、なんて思う弱い自分に自己嫌悪。

電車がゆっくりと停車して、沈んだ気持ちにつられてうつむいていた顔を上げた。

何気なく運転席を見ると、窓越しにダンディな運転士と視線がぶつかる。

いつも一両目から乗車するため運転士たちの顔は自然と覚えたのだが、この運転士を見るのは初めてだ。

ダンディな運転士は窓から顔を出し、ホームの確認を始めた。

心なしか顔色が悪く見えるのは気のせいだろうか。

首を傾《かし》げた視界の端で、電車に乗り込む佐野が見えて、わたしも足元の隙間を跨《また》いで乗車した。

さっと辺りを見回し、運転室のドアのすぐ横に寄りかかる。

アナウンスに続いて扉が閉まった直後、手にしていたスマホが震えた。

五月三十一日、十七時四十五分。

白文字で表示されている日時の下で、チャットアプリが通知を知らせている。

スワイプして、仲良し四人グループのチャット画面を開いた。ほぼ同時に、オシャレ好きな莉緒《りお》からの写真を受信する。

『美容院行ってきたんだけど、ちょっと失敗感ない？』というメッセージのあとに、カットしたての莉緒の顔写真がある。

電車がゆっくりと速度を上げていくのを感じながら、写真をタップして画面いっぱいに莉緒を表示させた。

……確かに、違和感はある。

昨日の昼休み、『明日美容院に行くんだけどイメチェンしたくて』と相談され、短くても莉緒なら似合うよと皆の意見が合致した前髪が特に。

見慣れないだけかもしれないけれど、なんと返信すべきか。

逡巡《しゅんじゅん》しているうちに、社交的な柚子《ゆずこ》が『そんなことないよ～』『似合う！』とハートマークのスタンプを添えて返信している。

それに続いたのは、わたしと同じ美術部所属の奈々《なな》だ。

『切ったばかりだからしっくりこないだけじゃない？』

言われてみると、そんな感じもする。

心の中でうなずいていると、莉緒に『和奏はどう思う？』と尋ねられた。

『きっとそうだよ』と皆に同調するメッセージを打ち、けれど送信をためらう。

見慣れないだけ。そう思うのと同時に、もうひとつの意見が脳裏に浮かぶ。けれどそれを伝える勇気はなく、わたしは一呼吸置いて送信ボタンを押した。

また、言えなかった。

後悔し、小さなため息を零す。

本当は、切るよりも伸ばす方が似合う気がしていた。けれど、柚子と奈々が『オン眉も似合いそう』と言ったので、わたしはうなずいて意見を合わせてしまったのだ。

『あの日』のように失敗して、人を傷つけるのが怖いから。


——三年前、中学二年の夏休み。

当時も美術部員だったわたしは、部活終わりに仲のいい友達の恵美《めぐみ》からカラオケに行こうと誘われた。

『お母さんのお財布からこっそりお金もらったから奢《おご》るよ』と。

『こっそりもらったって、盗んだってこと……？』

恵美は悪びれもせず『そうとも言う』と笑った。

他にも何人か友人が来ると話していたけれど、わたしは首を横に振った。

『やめとく』

いくら親のお金でも盗みはよくないし、そのお金で遊ぶ気にもなれなかった。

楽しむなら自分たちのお金で。そう思ったわたしは、気持ちを誤魔化《ごまか》さず、言葉を取り繕わず恵美に伝えた。

『盗んだお金で遊ぶなんてよくないよ』と。

当時、誰よりも仲がよかった恵美に、そんなことをしてほしくなかったから。

けれど――。

『何も知らないくせに偉そうに説教しないでくれる？　そういうのマジでうざい』

きつく睨《にら》まれ、もう和奏は誘わないと背を向けられた。

恵美を思って正しいことを言ったつもりだった。けれどそのあとすぐチャットグループから蹴られ、ブロックされ、翌日学校に行っても口をきいてもらえず……。

わたしは、仲のよかったグループから外され、ひとりぼっちになった。

救いだったのは、グループ外の友人たちは普通に接してくれたことだ。けれどすでに出来上がっている他のグループに入ることは難しく、いざこざに巻き込みたくなかったのもあり、わたしはひとりで過ごすことが多かった。

本音をぶつけたための失敗。

以来、わたしは今日まで自分の意見は極力抑え、相手に合わせている。

本音を隠して愛想笑いを浮かべる日々は、偽りの自分を演じているみたいで息苦しい。

――プァン！

すれ違う電車の振動と警笛《けいてき》に顔を上げると、少し離れたところに立つ佐野を見つけた。

　彼なら、こんな風に誰かの意見に合わせたりしないのだろう。いつだって、イエスもノーもはっきりと言える人だから。

　……そう。そんな人だから、なおさら苦手になった。

　小さくため息を吐《つ》いてスマホを鞄に押し込む。その時ふと、鞄の内ポケットから顔を覗かせているアクリル絵の具を見つけた。

　部室で使っている絵の具が少なくなったので、今朝、新しいものを鞄に入れたのにすっかり忘れていた。

　明日こそちゃんと補充しよう。

　ひとり誓って鞄を肩にかけ直すと、ファスナーの金具にぶら下がる朱色のお守りが揺れた。

　これは小学生の頃、今は亡きおばあちゃんからもらったもので、実はお揃いのものを佐野にプレゼントしている。わたしはおばあちゃんが守ってくれているような気がして持ち続けているけれど、佐野はもうとっくに無くしてしまっただろう。

　優しかったおばあちゃんを思い浮かべながら何気なく運転室を見る。

「あれ？」

　思わず声が漏れたのは、そこに座っているはずの運転士がいないからだ。

車内の照明が窓に反射して見えにくいだけ……？

もう一度、よく目を凝らして覗き込んだ刹那《せつな》、ガタンと音がして車体が大きく右に傾いた。

足元のバランスが崩れ、肩にかけた鞄が落ちる。

ピロールレッド、ホワイト、アゾイエロー、コバルトブルー。

衝撃で中から飛び出した絵の具が宙を舞うと、脳裏に描きかけの絵がよぎり、後悔が波のように押し寄せた。

やがて、朦朧《もうろう》とする意識の中、手に掴んだ小さなそれは。

（神様……わたし……わたしは……）

なにもかもが遠ざかっていくのをぼんやりと感じながら、わたしの世界は黒く塗りつぶされた――。


「……さわ……森沢《もりさわ》！　森沢和奏！」

名前を呼ばれ、ハッと我に返る。

顔を上げるとそこは見慣れた二年三組の教室で、クラスメイトの視線がわたしに集まっていた。

ザ・サラリーマンといった黒髪七三分けの黒瀬《くろせ》先生が、古典の教科書を手にわたしを見据えている。

「え、あ……なん、でしょう」

「なんでしょうじゃない。寝てたのか？　教科書二十四ページの五行目」

「は、はい！」

慌てて立ち上がり、古文をたどたどしく読み上げてから着席する。

どうやら授業中に居眠りをしていたらしい。

別の生徒が続きを音読する中、授業に集中し直そうと黒板に目をやる。

白いチョークで書かれているのは、走り書きの読みにくい先生の字と、端には今日の日付と日直の名前。

『五月三十日 火曜日　日直 岡部 関口』

……五月、三十日？

日付を頭の中で反芻《はんすう》し、妙な引っかかりを覚えて首を傾げた。

今日、何か予定があっただろうか。誰かと約束している？

思い出そうとするも頭がうまく働かない。それどころか再び睡魔が襲ってきた。

なぜこんなにも眠いのか。夜更かしでも……と考えた直後、今日、何があるかを思い出して目を見張る。

今日は、生徒会に依頼されていた校内ポスターの提出日だ。必ず締め切り日に間に合わせてほしいと頼まれていて、昨夜徹夜して仕上げたのだ。

危ない。せっかく頑張ったのに出し忘れるところだった。

ほっと胸を撫でおろし、何気なく隣の席に座っている佐野を見る。彼も眠いのか、頬杖をついてぼんやりと教科書に視線を落としている。

そういえば、インターハイの予選が来月から始まると、バスケ部に彼氏がいる柚子が言っていた。

渚高男《だん》バスはインターハイ常連校なのでスパルタだ。小学生の頃からバスケットボールクラブに入って鍛え続けている佐野といえども、連日のハードな練習で疲れているのかもしれない。

……佐野の夢は、今も変わらずプロのバスケ選手なのだろうか。

まだ一緒に遊んでいた頃、絶対にNBAで活躍する選手になると話していたのを思い出しながら、視線を自分の教科書へ移す。

当時、わたしの夢はなんだったか。今のわたしの夢はなんだろうか。わたしは将来、どんな自分になりたいのか。

考えた瞬間、ドクリと心臓が重く脈打った。同時に、お守りを握る自分の手の光景が脳裏をよぎる。

これは、何？

いつの記憶？

息苦しさを覚えて、いつの間にか止めていた息を吸った。命を繋げるように肺を酸素で満たす。

徹夜したせいで疲れているのかもしれない。

今夜は早めに寝ようと決め、込み上げるあくびを噛み殺した。


昼食はいつも、一年の時から仲のいい友人グループで集まって食べている。

今日は天気がいいからと中庭の芝生に腰を下ろし、輪になってお弁当箱をつついていた。

「ていうか和奏、珍しく授業中に注意されてたね」

わたしと同じクラスの莉緒が、長い睫毛《まつげ》に縁どられた双眸を楽しそうに細めて言う。

すると、二組の柚子が「マジで〜？　もしかして寝不足〜？」とポニーテールを揺らしながらわたしの顔を覗き込んだ。

「実は昨日、徹夜しちゃって」

卵焼きを箸でつまみ苦笑するわたしの隣で、眼鏡のアーチを中指で持ち上げた奈々が眉を上げる。

「もしかして生徒会のポスター？」

昨日の部活中、まだ仕上がってないと半泣きで奈々に零したのを覚えてくれていたらしい。

「そうなの。でも朝方にはどうにか完成して、二時間だけ眠れた……」

「そりゃぼんやりもするわ」

莉緒がカラカラと笑ってからあげを頬張る。

「あ、ねえねえ。あたし明日美容院に行くんだけどさ、イメチェンしたいなーって思ってて」

「いいじゃ～ん！　莉緒は可愛いからなんでも似合いそう」

「ありがと、ゆっこ。でさでさ、こんなのどうかなって」

莉緒がファッション雑誌を広げて、ヘアスタイルが特集されているページを見せる。

「このボブとか可愛いなって思うんだけど、今のままミディアムロング維持で、前髪をイメチェンもありかなって思ってさ」

もうじき夏がやってくる。ボブなら首元が涼しくなるし、いいかもしれない。

わたしがふむふむと小さくうなずいていると、おにぎりにかぶりついた奈々が咀《そ》嚼《しゃく》する口元を隠す。

「でもさ、夏はささっと結《ゆ》わけるように長い方がいいって、行きつけの美容師さんがこの前言ってたよ。てことで、私はロングに一票」

「え〜？　わたしは冬こそロングだって美容師さんから聞いたよ？　マフラー巻く時意外と邪魔だからって。で、夏がボブ」

「つまり、夏も冬もロングでいけば間違いないってこと？」

莉緒に意見を求められ、わたしは「多分？」と曖昧に笑った。

「じゃあ、長さはあまり変えずにいくかなぁ。で、前髪をイメチェンする」

「色を変えるとか？」

奈々が尋ねると、莉緒は頭を振った。

「色は先生に目をつけられるから夏休みに入ってからで、今回はカットでイメチェン！　これくらいのオン眉とかどう思う？」

莉緒の指が示したのは、眉毛よりもかなり上で切り揃えられたものだ。短い前髪を斜めに流し、アクセントになっている丸メガネがオシャレでモデルによく似合っている……のだが。おかしなことに、この写真に見覚えがあった。

「短すぎかな？」

「いいんじゃない？　短くしても莉緒なら絶対似合うよ。ねっ、奈々」

「うん、いけると思う」

いつ、どこで見たのか。雑誌は持っていないし、ネットか何かでたまたま同じのを目にした？

もしくは似たようなのを見ただけか、それとも完全に気のせい？

モデルを凝視しながら首を捻《ひね》っていたその時、莉緒がわたしの肩を叩いた。

「ちょっと、和奏！」

「え、な、なに？」

「もうっ、目開けながら寝てたの？」

莉緒が笑って、柚子と奈々も笑う。

しまった。考え込みすぎて聞いてなかった。

「ご、ごめん。えっと、なんだっけ」

「だから、和奏もこの前髪いいと思う？　って聞いたの」

『も』ということは、柚子と奈々はいいと答えたのだろう。

わたしは改めて雑誌と莉緒を見比べて想像してみる。

……似合わないような気が、しなくもない。切るよりも伸ばす方が莉緒には似合い
そうだなと思う……けれど。

「うん、いいと思う」

わたしは柚子と奈々の意見に合わせて賛成してしまった。

本音を告げることで、あの時みたいによくない結果に繋がるのが怖いから。

「そう？　じゃあチャレンジしてみる！　みんなありがとと」

大丈夫。莉緒も納得しているし、波風を立てないのが一番だ。

「あ、そういえばさ！　聞いてくれる？」

雑誌をたたんだ莉緒が次の話題を切り出して、柚子と奈々が興味深げに耳を傾ける。

けれどわたしは、その輪にうまく入れなかった。

しこりのように残る既視感としまい込んだ本音のせいで頭を切り替えられず、三人が楽しそうに会話するのをどこか遠くで聞きながら、お弁当の蓋を静かに閉じた。

ようやく既視感を忘れられたのは、部室でキャンバスと向き合ってからだ。

青から橙色《だいだいいろ》へと移る夕空と、その繊細な色を受ける海。打ち寄せる波を楽しむ砂浜の親子。

白い雲を描くコットンを手に、様々な色を幾重にも重ねた絵を眺め続けてどれくらい経ったか。気づけば窓の外に広がる空は、描きかけの絵に似たグラデーションに染まりつつある。

絶妙に溶け合う夕空の美しさにしばし目を奪われ、誰かが筆を落とした音でハッと我に返る。ぼんやりしていたらあっという間に日が暮れてしまいそうだ。

わたしは慌ててキャンバスに視線を戻し、背筋を伸ばした。そしてまた思う。

――やっぱり違う、と。

ため息を吐き、机に置いておいた写真を手に取る。写っているのは、絵のモデルにしている風景だ。

渚高近くの海岸で撮ったもので、空と海の色合いを気に入り、展覧会に出品する絵として描くことにした。

だけど、キャンバスの景色は思い描いていたものと少し違う。

顧問の佐伯《さえき》先生は、妊娠中の大きなお腹をさすりながら、グラデーションが写真とよく似ていると褒めてくれた。

けれどわたしが描きたいのは、写真をそのまま絵にした写実的なものではなく、あの瞬間に得た感情を乗せた景色。刻一刻と変わりゆく夕暮れの哀愁と、親子の笑い声から滲む穏やかさ。

『それを表現するなら、タッチは強すぎず繊細に』

佐伯先生にそんなアドバイスをもらって描き進めてみたものの、うまく描けず、これじゃないという感覚が拭えないでいる。

「もう少し薄紫っぽさを足してみた方がいいのかな……」

心のフィルターを通して見た景色は、もっと柔らかかった。けれど重ねすぎてあまり厚塗りになるのも……などと悩み続けているせいで、パレットの絵の具もすっかり乾いてしまった。

再びため息を吐くと、隣で油絵を描いている奈々が覗き込む。

「薄紫？　ノスタルジックな感じにしたいの？」

「ううん、柔らかくて温かい感じを出したいの」

「それなら紫よりピンク寄りにして、雲の下側にも馴染ませて入れてみたら？　で、水平線の海側には少し紫を足す」

「なるほど！　確かに温かみが出ていいかも」

紫だと青みが強いので、夕陽の色に馴染ませるような赤みのあるピンクを足すのは確かによさそうだ。

絵を見て一瞬で判断するなんて、さすが、色使いのセンスがいい奈々。わたしは改めて奈々を尊敬しながら、赤や白のアクリル絵の具を取り出し、パレットにピンク系の色をいくつか作る。そうして夕空や海に加えていくと、頭の中でイメージしていた絵に近くなっていった。

「うんうん、いい感じじゃん！　でも、これだと親子のシルエットが浮くんじゃない？」

「そ、そうかな？」

「浮くよ。水平線の端の方に、灯台のシルエットとか描いてバランス取った方がいいかも」

「なるほど」

実際の景色に灯台はないが、展覧会で多くの人に見てもらうのだ。少しでもいい絵だと思ってもらえるよう、奈々の言うようにバランスを考えて何か足した方がいいかもしれない。

納得し、低い山を簡単に描き足してみると、確かにバランスがよくなった。

わたしが描きたかった景色とは少し違ってしまったけれど、先生や奈々の意見を取り入れた絵だ。これがベストだろう。


『――本当に？』


疑問がよぎった途端、ずきりと頭に強い痛みが走った。

「いっ……」

思わず声を漏らし、顔をしかめてこめかみを押さえる。

「和奏？　大丈夫？」

「う、うん。ちょっと頭痛がしただけ」

一瞬だから問題ないと微笑むも、奈々は心配そうにわたしの背中を摩《さす》った。

「でも顔色悪いよ？　今日はもう帰ったら？」

促され、少し迷ったあと「そうしようかな」とうなずいた。本当はきりのいいところまでやってから帰りたかった。けれど、妙に胸がざわついて落ち着かないのだ。手早く片づけ、奈々や部員に挨拶を済ませてから部室棟を出たのだが。

「別に俺がどうしようと翔梧に関係なくね？」

刺々《とげとげ》しい男子生徒の声が聞こえて、わたしは無意識に歩く速度を落とす。

もしかして喧嘩中では。だとしたら出ていくのは気まずい。というか、『翔梧』と聞こえたけれど、もしかして佐野翔梧？

ひとまず佐野かどうかを確かめるべく、物陰に隠れて声がする方を覗いてみる。すると残念なことに予想は的中。体育館を背に立つ『翔梧』は、Tシャツとバスパンを身に纏う佐野だった。そして彼の向かいに立つ松葉杖をついている男子は、佐野といつも一緒にいる二組の堀江弘樹《ひろき》君。

ふたりを包む剣呑《けんのん》な雰囲気に、わたしは部外者にもかかわらずごくりと喉を鳴らす。

佐野は何も言わない。けれどその瞳は、もの言いたげに堀江君を真っ直ぐに見据えている。

一方、佐野の視線を一身に受ける堀江君は、さらに苛立ちを募らせて鼻で笑った。

「うまくいってるお前に、俺の気持ちはわからないだろうな」

もう放っておいてくれ。堀江君は吐き捨てるように告げて踵《きびす》を返した。

松葉杖を使って歩く彼の横顔は悔しそうに歪《ゆが》んでいる。

柚子から聞いた話では、堀江君は先月末、練習試合中に左膝の靱帯《じんたい》を損傷してしまったらしい。

全治八カ月と診断され、今年のインターハイに出場することはおろか、冬のウインターカップも危ういと聞いた。

リハビリがうまくいかないかもしれない。復帰できないかもしれない。

尽きない不安に押し潰されそうで、立っているのがやっと。そんな横顔だった。

そして、堀江君の背中を見送る佐野もまた、複雑そうな表情を浮かべ、拳を握り締めている。

珍しい、と思った。佐野はいつだって思ったことを口にする人だから。

さっさと部活に来いって檄《げき》を飛ばしそうなものなのに、言葉を呑み込んでいるように見える。

それだけ、堀江君が佐野にとって大切な友人ということなのだろう。

そしてわたしは、佐野にとって気を遣う必要のない人間だということだ。

だからわたしも気遣いは不要……なのだが、さすがに今出ていくのははばかられて。

短いため息を吐いた佐野が、体育館に戻るのを待ってから帰路についた。

けたたましい目覚ましの音と共に朝を迎える。

寝ぼけ眼《まなこ》で支度を整えていると、「朝ご飯できたわよー」とお母さんがキッチンで声を張り上げた。

毎日同じ、変わり映えのない朝の光景。おそらく朝食はパンと目玉焼き、ベーコンにサラダという、お馴染みのラインナップだ。

うちは、朝は洋食、夜は和食となんとなくお母さんが決めていて、変わるのはパンとサラダの種類くらい。

ただ、昨日は珍しく和食だった。前日の夕食に焼いた鮭が残っているからと白米と味噌汁、漬物がセットになって出てきたのだ。

今日も和食を食べたい気分だけれど、二日連続はさすがにない……と思いきや。

「今日は和食よ。あ、箸は自分で取ってね」

和食だ。しかも鮭、白米、味噌汁、漬物のセット。

「今日も、でしょ」

食べたかったので喜ぶと、お母さんが「ええ？」と怪訝《けげん》そうな顔をする。

「昨日はロールパンよ。サラダとベーコン挟んで食べてたじゃない」

そんなはずはない。和食が出てくるのは珍しかったからよく覚えている。

……と考えてふと気づく。前日の夕食もそういえば鮭だった。朝食にも出たのに、いったいどれだけ鮭を買ったんだと突っ込んだのだ。その時もお母さんは訝《いぶか》しげに首を傾げていて、なんだか話が嚙み合わなかった。

何かおかしい。昨日から既視感を覚えたり、よくわからない光景が頭をよぎったり。

「ワカ？　ぼんやりしてどうしたの？」

鮭を見つめたまま固まっていると、お母さんが洗い物をしながら心配そうにわたしを見ていた。

「具合でも悪い？」

「う、ううん。大丈夫。ちょっと食欲がないだけ」

「えー？　じゃあ無理しないで夕飯に回そうか？」

「うん、ごめん。そうしようかな」

曖昧に微笑んだわたしは、奇妙な感覚を持ちながら鮭を見下ろし、水だけ飲んで家を出た。


学校に到着すると、教室に入る前に廊下からそっと佐野の様子をうかがう。

わたしの席の隣に座っている彼は、いつものようにイヤホンを耳に着け、文庫本サイズの参考書に目を通している。その表情は、昨日のことなど気にしていないのか涼しげだ。

堀江君とは仲直りしたのか。わたしがあの場にいたことはバレていないだろうか。盗み見てしまった罪悪感に苛《さいな》まれつつ、しかし表情は至って平静を装いながら自席に座った。

佐野は何も言ってこない。ということは、気づかれていない？

見ちゃってごめんねと謝罪したい気持ちに駆られるけれど、黙っていた方がいいこともある。

わたしは心の中で佐野に謝罪し、鞄を机の横にかけた。

「和奏ぁ～！　聞いてよ～」

休み時間になって早々、ふくれっ面の柚子がわたしの席に来るや、机にふにゃりと倒れ込んだ。

どうしたのと尋ねる前に、柚子は不満げに尖らせたままの唇を動かす。

「日曜日の映画デート、トモ君にキャンセルされたの」

「えっ、柚子楽しみにしてたのに。なんでダメになったの？」

「それがさ、バイトのシフトが変更になったんだって。休む人の代わりに急遽出ないといけないらしいの。トモ君が観たいって言うからチケットゲットしたのにさ～」

どうやら柚子の彼氏は、彼女ではなくシフトに穴が空いて困っている職場を優先したようだ。

「わたしとの約束が先なのにバイトを選ぶなんて、愛がないと思わない？」

以前ドラマか何かで見た『仕事とわたし、どっちが大事なの？』な状況の柚子に、

「きっと彼氏も残念がってるよ」とフォローを入れる。なんせ、柚子の彼氏は柚子にベタ惚れなのだ。けれど柚子曰《いわ》く、柚子の彼氏は押しに弱い性格らしい。なので、バイトに出られないか相談されて断れなかったのだろう。

……角が立たないよう人の意見に合わせてしまう、ノーと言えないわたしみたいだ。

「てことで和奏ちゃ～ん、一緒に映画行ってくれない？」

机にもたれたまま猫なで声で誘う柚子に、わたしは首を傾げる。

「わたし？　別の日に彼氏と行かないの？」

「その映画、日曜日で終わっちゃうの。ホラーだからひとりで観る勇気はないし……。あ、和奏ホラー平気？　平気と言って！」

尋ねられて、思わず「う」と喉の奥で呻《うめ》いた。

実は心霊もスプラッターもかなり苦手だ。だけど、莉緒も土日は彼氏との予定ありだし、奈々は日曜日は習い事で忙しい。柚子もそれを知っていてわたしを誘ったはずで、何より縋《すが》るように見つめられては苦手だと口にできず。

「大丈夫、つき合うよ」

笑みを浮かべてＯＫしてしまった。

どっと押し寄せる後悔。それと同時に覚える既視感。

前にもこんなことがなかったか。

デートをキャンセルされた柚子にホラー映画に誘われて、ノーと言えずに悔いたことが。

「やった！　ありがと～！　ポップコーンとドリンク奢らせてね」

「い、いいよ。自分の分は自分で買うし」

ホラー映画を観ながらポップコーンを食べる余裕なんてない。

でも、喉はめちゃくちゃに渇きそうだから、ドリンクは大きいサイズを買わないと。

「和奏は本当遠慮しいだなぁ。きっと莉緒だったらポップコーンとドリンクじゃ足りないって言って、さらにもうひとつ追加してくるよ」

「ちょっとそこー？　聞こえてるんですけどー？」

わたしのふたつ後ろの席の莉緒が、ファッション雑誌のページを捲《めく》りつつジト目でこちらを見ている。正確には、莉緒を軽くディスった柚子を。

「うふっ、聞こえるように言いましたー。あ、そうだ莉緒、それ、今月号の特集って」

柚子が莉緒の元へ向かうのを見送っていると、ふいに佐野と目が合った。そしてそのまま観察するようにじっと見つめられる。

「な、なに？」

もしかして顔に何かついている？

手で頬を触って確かめるわたしを見ながら、相変わらず無表情の佐野が口を開く。

「お前、ホラー苦手じゃなかったっけ？」

「え……」

「昔、俺ん家で兄貴がやってるゾンビゲーム見て絶叫したろ」

した。忘れもしない。

絶叫事件が起きたのは、小学五年の夏休みのこと。

熱中症の恐れがあるからと外で遊べなかったその日、佐野の家で過ごすことになったわたしは、遭遇してしまったのだ。

五歳年上の当時中三だった佐野のお兄さんが、冷房の効いた真っ暗なリビングでゾンビゲームをプレイしている場面に。

リビングに入るなり、逃げ惑う人々がムキムキのゾンビに追い回されて食べられるという、世にも壮絶なシーンを見せられたわたしは悲鳴を上げて腰を抜かした。佐野兄弟に、うるせーと声を揃えて言われたのもよく覚えている。

「克服したんだ？」

「し、してない」

「なのに行くってドＭか」

どうやら先ほどの会話を聞いていたようだ。

いつもはイヤホンを装着しているくせに、どうして今に限ってしていないのか。しかもまだ柚子が近くにいる時に聞かないでほしい。気を遣わせないように黙っていたのが無駄になる上、嫌な気持ちにさせてしまったらどうしてくれるのだ。

焦り、柚子の様子を横目で確認する。

幸い莉緒と雑誌に夢中になっていて、わたしたちの会話は聞こえていないようだ。

ほっと胸を撫でおろし、笑みを貼りつける。

「ほら、わたしが断ったら、柚子ひとりでホラー映画観ることになっちゃうかもでしょ」

なるべく声を潜めて説明すると、佐野は呆れた目でわたしを見て鼻で笑った。

「だから我慢してつき合うって？　アホらし」

相変わらずのはっきりした物言いに、愛想笑いを浮かべた頬が引き攣《つ》る。

――そんな言い方しなくてもいいでしょ。

言葉が喉の奥でつかえるようにして留まる。

佐野はいつだってこんな風に、自分の意見を物怖じせず口にする。

たとえ誰かと意見がぶつかることがあっても、彼は自分を曲げない。無理なら無理、嫌なら嫌だと言える。

わたしのように、ひとりぼっちになるのを恐れて人の意見に合わせたりしない。本音を誤魔化して愛想笑いすることもない。

ああ、本当に苦手《うらやましい》。

言いたいことを言って興味が失せたのか、佐野はわたしから視線を逸らした。

わたしもまた、佐野から視線を外す。

癖になったような、ぎこちない笑みを貼りつけたまま――。


コバルトブルー、ターコイズブルー、ピロールレッド、ホワイト、ブラック。

色を調節しつつ筆に取り、キャンバスに描いた海に重ねていく。

押し寄せる波を表現すべく、振り子のように筆を振り、ある程度描いたところで、乾いた筆を使い、撫でてぼかす。

そうやって馴染ませ、さらに深みを出すためにまた色を重ねてはぼかす作業を繰り返していると、気づけば日は傾き、天井の蛍光灯が煌々《こうこう》と部室を照らしていた。

ふぅと息を吐き、腕を上げて伸びをする。

そこへ、アドバイスに回っていた佐伯先生が背後からわたしの肩を掴んだ。

「うん、空の色合いが素敵。雲の描き方もいいわね」

「ありがとうございます」

「太陽の光線をはっきり入れてダイナミックさを足してみてもいいんじゃないかしら」

その方が、他の作品と並んだ時に負けないのでは。そうアドバイスされ、わたしはなるほどとうなずいた。

わたしがイメージしているのは、夕陽が落ちていく優しい雰囲気の絵。けれど、展示された時に目を引くよう、もう少し主張する部分があった方がいいのかもしれない。

悩むわたしを見た先生がふふっと微笑む。

「まあ、先生ならそうするけど、どう表現するかは森沢さんなりに考えて、森沢さんらしい絵に仕上げてね」

——わたしらしい、絵。

先生の言葉を心の中で繰り返し、じっと絵を見つめる。

けれどわたしらしさがわからず、結局先生のアドバイス通り、少しためらいつつも薄く筋を描き入れた。

確かにメリハリが出ていい。だけど思ったよりも自然の壮大さが目立つ風景になってしまった。これはこれでよさそうだが、親子がいる穏やかな風景とは離れてしまった気がする。

頭を悩ませている間に、部活下校時刻のチャイムが鳴った。

ひとまず写真を撮って、家で見ながらじっくり考えよう。

立ち上がったわたしは、なんとなく奈々の油絵に視線をやる。

カラフルな天使たちが光溢れる空を飛び交う抽象画。アーティスティックなそれはとても奈々らしいと思えて、ひどく惹きつけられた。


——やっぱり違う気がする。

駅のホームに立ち、スマホで撮った自分の絵を見つめながらため息を吐いた。

帰り際に見た奈々の油絵が脳裏をよぎる。

わたしが描くこの絵に、わたしらしさはあるのだろうか。

『二番線、電車がまいります。黄色い線の内側までお下がりください』

聞き慣れたアナウンスが聞こえてきて視線を上げると、線路の向こうに並ぶ看板の中にはつらつとした笑みを浮かべるインフルエンサーを見つけた。彼女の横には、でかでかとした文字で『アナタらしさで突き進もう！』と書かれている。

どのメディアにおいても目立つ個性的な出で立ちの彼女は『らしさ』がある人物だ。

奈々の絵も、このインフルエンサーも、そして佐野も。みんな『らしさ』があり、自分というものを持っている。

けれどわたしにはない。人の意見に合わせ、流されるわたしには。

そしてそれはわたしが描く絵にも表れているのだろう。

だから、描いても描いてもどこかちぐはぐで、中途半端な感じがするのだ。

そう思い至り、唇をそっと噛みしめた時、わたしの隣に人が並び立った。

ちらりと見れば、イヤホンを装着した佐野がいる。

昼間のことを思い出して若干気まずい。だけど挨拶くらいはした方がいいだろう。

「おつかれ。佐野も部活帰り？」

背の高い彼を見上げて話しかけるも、聞こえていないのか返事はない。

これでは完全に独り言だ。後ろに並んでいる女性の視線がちょっと痛い。

恥ずかしがっているとわたしが見ていることに気づいたのか、佐野が気だるそうにこちらを見てイヤホンを片方だけ外す。

「なに？」

「おつかれって」

「おつかれ」

にべも無く言って、佐野はまたイヤホンを耳に突っ込んだ。

わかっていた。なんなら期待もしていなかった。

佐野のことは苦手だし、仲良くしたいとかでもない。けれどもう少しコミュニケーションを取ってくれてもいいのでは。

……いや、昼間みたいに嫌味を言われてはたまらない。無理に会話するのはやめておこう。そうすれば、嫌な気持ちになることも、させることもない。

鞄を肩にかけ直すと、電車がホームに入ってきてゆっくりと停車した。

一両目、窓越しに運転席を見る。ふと、顔色の優れない運転士と視線がぶつかった、その刹那。

――ざわり。全身に鳥肌が立ち、身体を縮こまらせて自身を抱き締める。

この感覚はいったい何？

得も言われぬ不安感に襲われ、鞄に着けているお守りを縋るようにぎゅっと握る。

扉が開いて、佐野が訝しげに首を捻った。

「なんか……気持ち悪いな」

ぼそりと呟いた佐野は、ストライプのネクタイごとワイシャツの胸元を掴んで電車に乗り込む。

体調でも悪いのか。もしかしてわたしも風邪をひいた？

だから寒気がして鳥肌が立ったのかもしれない。

今日は早めに休もう。ひとり小さくうなずき、佐野に続いて乗車した。

車内を見回し、空いている運転室ドアのすぐ横に寄りかかるようにして立つ。

『ドアが閉まります。ご注意ください』

淡々としたアナウンスが流れ、ドアチャイムの軽快なメロディーと共に扉が閉まった。その直後、手にしていたスマホが震え、通知を確認する。

五月三十一日、十七時四十五分。

ロック画面にゴシック調の文字で表示されている日時の下、チャットアプリの通知に莉緒の名前を見て――。


「……さわ……森沢！　森沢和奏！」

名前を呼ばれ、我に返ったわたしは慌てて辺りを見回した。

国語教師の黒瀬先生と、クラスメイトたちの面白がるような視線が刺さる。

「え……あ、の？」

これはどういうこと？

さっきまでホームにいて電車に乗ったはずなのに、なぜ教室にいるのか。

「まったく、寝てたのか？」

そう、なんだろうか。授業中にうたた寝して夢を見ていた？

「教科書二十四ページの五行目」

「は、はい」

混乱しながらも席を立ち、教科書に視線を落とす。

その直後、軽い立ちくらみがして目を閉じた。

「森沢？　どうした？」

「……ちょっと、立ちくらみが」

説明しているうちに狭窄《きょうさく》する感覚が遠のいてまぶたを開く。そして、その違和感に気づき、数度、目をまたたかせた。

光を取り戻したはずの視界が若干暗い。彩度をほんの少し落としたような、そんな感覚。

そういえば昨夜は徹夜したので疲れているのかもしれない。

「大丈夫か？」

「はい」

そのうち治るだろうと気を取り直し、指定された箇所を読み上げる。

……というかこの古文、前も同じところを読まされた気がする。

先生が勘違いしているのかと勘繰るも、クラスメイトたちから突っ込みは入らない。

わたしが勘違いしているだけなのか。

「よし、そこまで。じゃあ次は――」

奇妙な感覚に襲われながら席に着き、ふと黒板を見る。


『五月三十日　火曜日　日直　岡部　関口』


白いチョークで書かれた文字に、わたしは思わず眉をひそめた。

岡部君と関口さんは、昨日日直を終えたばかりじゃ……？

いくつもの既視感が押し寄せて、困惑し、視線をさまよわせる。

夢を見た？

きっとそうだ。うたた寝して、よく似た状況の夢を見ていたのかも。

電車に乗ったのも夢で、それをデジャヴのように感じているだけかもしれない。

もしくは、予知夢を見ていたとか。

だとしたら、夢の内容を思い出せれば次に何が起こるかを当てられるのでは。

少しワクワクしつつ、どんな夢だったか思い出そうと試みる。

けれど、古文を読むクラスメイトの声が心地よくて、忍び寄る睡魔にまぶたがだんだんと重くなる。

このままではまた寝てしまう。

二度も注意を受けたくないので、襲いくる眠気に抗《あらが》おうと目を見開いてみたり、視線を動かしてみる。

そんな中、ふと隣の席の佐野が視界の隅に入ったのでなんとなく様子をうかがうと、彼は険しい顔つきで黒板を凝視していた。

お腹でも痛いのか。もしくはわたしと同じように、睡魔に対抗しようと目に力を入れている？

バスケ部は今、インターハイの予選に向けて練習メニューがきつくなっていると柚子が話していた。疲労が溜まっていて眠いのかもしれない……って、同じようなことを最近考えたばかりな気がする。

やっぱり予知夢を見たのかも。

今日はあといくつデジャヴを感じるのか。

少し楽しみにしながら、また眠ってしまわないように双眸を指で大きく見開いた。


次のデジャヴは昼休みにやってきた。

中庭の芝生の上、いつもの四人で輪になってお弁当を食べていた時、からあげを頬張った莉緒が言った。

「あ、ねえねえ。あたし明日美容院に行くんだけどさ、イメチェンしたいなーって思ってて」

箸を置き、代わりに手にしたのはファッション雑誌だ。

「いいじゃ〜ん！　莉緒は可愛いからなんでも似合いそう」

「ありがと、ゆっこ。でささ、こんなのどうかなって」

流行のヘアスタイルが並ぶ写真から、どの髪型を莉緒が指差すか。

わたしにはわかり、莉緒が指差す前に人差し指を写真の上に置く。

「もしかしてこのボブ？」

「うわっ、すごい！　どうしてわかったの？」

「な、なんとなく。莉緒が好きそうかなって」

「好み把握してくれてるとか、和奏ってばあたしのこと好きすぎかー」

あははとみんなで笑い合うも、しかし胸中ではめちゃくちゃ興奮していた。

脳裏に、莉緒がボブスタイルの写真を指差した光景が浮かんだのだ。

「このボブ可愛くない？　でも、今のままミディアムロング維持で、前髪をイメチェンもありかなって思ってさ」

夏だからさっぱりしたいと言う莉緒に、おにぎりにかぶりついた奈々が、夏は結わけるように長い方がいいと美容師から教わったと話す。しかし柚子は、マフラーを巻きやすくするため冬こそロングにした方がいいと美容師から聞いたらしく。

「つまり、夏も冬もロングでいけば間違いないってこと?」

わたしに意見を求める莉緒。

多分、と答えようとしたわたしは、ひっかかりを覚えて曖昧な笑みだけ返した。

このあと、何かあった気がする。

けれど思い出せず、考えながら甘い卵焼きをかじる。

ロングのままでいくと決めた莉緒は、その後どうしたっけ。

「じゃあ、長さはあまり変えずにいくかなぁ。で、前髪をイメチェンする」

「色を変えるとか?」

尋ねる奈々に莉緒が「色は先生に目をつけられるから夏休みに入ってから」と返した。

みんなが話を進める中、頭の中で夢の断片を繋ぎ合わせようとするもうまくいかない。

ボブを諦めた莉緒に、わたしはどうした?

「ちょっと、和奏!」

莉緒に肩を叩かれ、ハッとなる。

「え、な、なに?」

「もうっ、目開けながら寝てたの?」

三人が笑って、わたしは「ごめん」と苦笑した。

「えっと、なんだっけ」

「だから、和奏もこの前髪いいと思う？　って聞いたの」

莉緒が指差している写真を見た時、わたしは再び〝見た〟と思った。眉毛より上で斜めにカットされたかなり短い前髪。丸メガネをかけたオシャレなモデルの写真を。

確かに見た。見て、意見を求められたわたしはなんて返した？

思い出そうとしても、まるで霧がかかったように答えを探し当てられず。わたしは雑誌の髪型と莉緒を、視線を往復させて見比べた。

……似合わないような気が、しなくもない。が、和奏『も』ということは、柚子と奈々は『いい』に投票したのだろう。

ここでわたしだけ『伸ばした方が似合う』と言える勇気はなく。

「うん、いいと思う」

臆病なわたしは、柚子と奈々の意見に合わせてうなずいてしまった。

その刹那、脳裏に浮かんだのは、予知夢の欠片《かけら》ではなく、あの日、わたしを鬱陶しそうに睨んだ恵美の顔だった。

放課後、油や絵の具などが入り混じった独特な匂いに包まれた部室で、わたしは目の前の異常事態に気づき、眉を顰《しか》めた。

キャンバスに描いた絵の様子がおかしいのだ。正確にいうと、太陽を描いていた黄色が消えている。同色を用いて海面に描いた水光《すいこう》までも、その色を失っていた。

太陽は一番最初に描いた部分で、その後オレンジや赤を足してグラデーションを作ったが、黄色をすべて潰してはいなかった。

それに水光は、色合いが気になって昨日塗り足したばかり。そのあと他の色を重ねた覚えはない。

今日は午前中から目の調子がおかしくなったままなので、その影響かとも思ったけど違う。これは見えにくいというより、消えているという表現が正しいだろう。

だけどなぜ？

理由はわからないけれど、とりあえず塗り直してみよう。

困惑しつつも、アゾイエローと記載された黄色の絵の具を手にして押し出す。そうして筆に馴染ませ、キャンバスに色を置いたのだが。

「……え？　な、なんで？」

筆をつけても、色がまったく乗らないのだ。

信じられない光景を目の当たりにし、零れんばかりに目を見張る。

いったいどういうこと？

パレットには確かに鮮やかな黄色の絵の具が乗っているし、筆にもついている。なのに、キャンバスに塗った瞬間、まるで吸い込まれるように色が消えてしまう。

ありえない異常事態に、心臓がドクドクと早鐘《はやがね》を打つ。

それなら他の色は？

キャンバスから消えてはいないが、黄色のように塗れないとしたら大変だ。

慌てふためき、他の色も筆に取って試す。

ピロールレッド、コバルトブルー、ホワイト、ブラック……。箱に入っているすべての色をパレットに広げ、キャンバスに彩《いろど》っていく。その結果。

「アゾイエローだけ塗れない……」

まるでキャンバスが拒絶するかのように、アゾイエローを使った箇所だけ塗布《とふ》されないことがわかった。

「わたし、おかしくなっちゃったの？」

予知夢といい、色といい、自分に何が起こっているのか。

力なく椅子に座ると、隣でキャンバスと向かい合う奈々がわたしを覗き込んだ。

「どうしたの？」

「……奈々、わたしの絵に、黄色はある？」

「？　ついてるけど。ていうか、重ね塗り中？　グラデーションが随分崩れてる」

やはりわたしにだけ見えていないようだ。しかも、見えないまま色づけたせいで、絵がおかしくなっているらしい。

しょんぼりと肩を落とし、ため息を零す。

「どうしよう、奈々。キャンバスに塗ると黄色だけ見えなくなっちゃった」

「はい？　え？　ごめん、どういうこと？」

「……そうだよね。意味わからないよね」

わたしもわからないのに、奈々がわかるはずもない。

「ごめん、忘れて」

「よくわからないけど、大丈夫？」

「うん、大丈夫」

本当はちっとも平気じゃない。けれど理解してもらうのは難しそうで、わたしは「ちょっと疲れてるのかな」と苦笑した。

疲れ……。そうか、寝不足で疲れているのかも。それで目の調子も悪くて、色も見えないのかもしれない。

ただ、キャンバスに描くと見えないのが少し気持ち悪いけれど、それもきっと一時的なものでよく寝たら治るかもしれない。

もし治らなかったら、親に相談して病院に連れて行ってもらおう。

ひとまず今日は、アゾイエローを使わない部分を描こう。そう決めたわたしは背筋を伸ばし、筆を持ち直した。

それからしばらくして、西の空が夕紅《ゆうくれない》に染まり始めた頃。

彩度の不調も気になって、うまく描き進められなかったわたしは、奈々にアドバイスをもらった灯台のシルエットを描き足して一息つく。

どうしよう。展覧会作品の提出期限まであまり日がないのに、描いても描いてもしっくりくる絵にならない。

それどころか、描くほどに描きたいものから離れていっている気がする。

先生や奈々からせっかくアドバイスをもらっても、それをうまく活かせないなんて自分には絵の才能がないのかもしれない。

前は楽しんで描いていたのに、今は描くことが少し苦しい。

深いため息を吐いて、はたと気づく。

色が見えなくなったのは、疲れだけじゃなくわたしの心の問題かも、と。

「和奏」

奈々に話しかけられ「うん？」と彼女を見る。

「暗い顔してる。さっきも少し変だったし本当に大丈夫？」

「心配かけてごめんね。多分寝不足のせい」

校内ポスター制作で徹夜したせいだと誤魔化した。目の前にある中途半端な絵のような、曖昧な笑みを浮かべて。

——その直後。

「いっ……」

頭がずきりと強く痛み、手にしていた筆を落としてしまう。

「和奏、全然大丈夫そうに見えないよ。今日はもう帰った方がいいって」

心配そうに眉尻を下げた奈々が、こめかみを押さえるわたしの背を優しく摩ってくれる。

「そう、しようかな」

本当はもう少し描いてから帰りたいけれど、今日は目の不調に振り回されて思うように描けていない。

奈々の言う通り、早めに切り上げて明日また頑張ろう。

脈打つような頭痛に眉を寄せつつ道具を片づけ、奈々に「また明日ね」と挨拶をして部室の扉を閉めた。

痛みを逃すように息を吐き、ゆっくりと階段を下る。

少しでも頭痛を和らげようと、こめかみに手を添えながら部室棟を出たその時。

『別に俺がどうしようと翔悟に関係なくね？』

体育館前。佐野と堀江君が口論している光景が脳裏をよぎった。

足を止め、目を見張る。

「これから、起こるの？」

一瞬、頭痛も忘れるくらいに興奮し、答え合わせするべく体育館の方をそっと覗いてみたのだが。

「どこいこっかー、堀江っち」

「俺、腹減っててさ」

「オッケー。堀江っちの要望にお応えしてファミレスに決まり」

「確か新メニューあったよな。あれ食いたい」

「いいね。ハッシュタグつけて写真載せるわ」

「堀江知ってる？　こいつのフォロワー数えぐいの」

松葉杖をつく堀江君は、学年一陽キャなグループの人たちと共に、わたしの前を通過していった。

堀江君の横顔は明るく、佐野と揉めていた雰囲気など微塵も感じられない。

これから佐野が呼び止めるのかもと思ったが、見える範囲に佐野の姿はなく、わたしは首を捻った。

予知できたと思ったけれど、勘違いだったのか。だけど確かに浮かんだ。以前見たかのように、その光景がはっきりと。

他は予知夢通りだったのに、なぜ今回だけ違うのか。

ひとまず佐野の様子を確認してみよう。

わたしは頭痛に顔をしかめながら、体育館の開いているドアからそっと中の様子をうかがった。

活気ある掛け声が響く館内は、天井から下がるネットで中央が区切られ、男バスと女《じょ》バスのスペースに分けられている。

ボールの跳ねる音を聞きながら男バスに目を向けると、シュート練習をする佐野を見つけた。

ゴールを見据える佐野の背がすっと伸びる。ふわっと手から離れたボールは綺麗な弧を描いて宙を舞い、吸い込まれるように朱色の輪をくぐった。

「すごい」

素人目に見ても佐野のシュートフォームは美しく、目を奪われたわたしは思わず声を零す。

そういえば、小学校高学年の頃、佐野にバスケを教えてもらったことがあったっけ。

当時の佐野が、まるで手品のようにバスケットボールを扱うのを見て、わたしも真似したくなったのだ。

けれど、運動神経のないわたしが、バスケットボールクラブに入っている佐野のようにできるはずもなく。何度チャレンジしてもシュートが入らないわたしに、佐野は『すっげー下手。才能ゼロ』と容赦なく言って笑った。

あの頃は、遠慮のない彼の言葉も受け止められていた。悔しかったけれど、わたしも笑っていられた。

キュッキュッとバッシュが床をこする音を耳にしながら、わたしは羨望《せんぼう》の眼差しで佐野を見つめる。

彼のように、自分らしく、迷わず、強くあれたら。

けれど、あの日傷つき、後悔を背負ったわたしがささやく。

今のままでもうまくやれているからいいのだと。

そうだ、人に合わせるのは悪いことではないはず。合わせずに本音を口にして失敗したのだから。

今のわたしでいい。

そう思うのに、ずっと変わらない佐野の姿が眩しくて仕方ない。

ずきり。痛むこめかみを手で押さえたわたしは、佐野に背を向け体育館をあとにする。

そうしてふらふらと帰路をたどり、電車に揺られながら予知できた夕食は焼き鮭で。予知通り焼き鮭が食卓に並んだわたしは喜ぶと同時に、佐野と堀江君についてだけ当たらなかったのがますます気になってしまうのだった。

寝たら治る。そんな期待もむなしく、一夜明けても目の不調は続いていた。悪化もないが、戻ってもいない。お母さんに相談した結果、次の仕事の休みに病院に行くことになった。

そして、もうひとつ続いているのが予知能力だ。

「てことで和奏ちゃ〜ん、一緒に映画行ってくれない？」

休み時間、彼氏の諸事情によりデートをキャンセルされた柚子から映画に誘われ、わたしは返答に困っていた。

なぜなら予知ではホラーなのだ。わたしの苦手なホラー映画。

行きたくない。けれど、柚子も困っている。莉緒も毎週土日は彼氏とデートだし、奈々は習い事で誘えないから。

おそらくわたしはいつメン最後の砦《とりで》。

「もしかしてその映画、日曜日で終わっちゃうやつ？」

「そう！　よく知ってるね～」

タイムリミット的に彼氏と別日に行く余裕もない。

「あ、和奏もトモ君と同じくホラー好き？　だったら一緒に行こうよ～。チケット代はいらないからさ」

ああっ！　しまった！

予知夢と合っているか確かめたばかりに、ホラー好きだと勘違いされてしまった。

「あのっ」

違うの、と咄嗟《とっさ》に言いかけた口を慌ててつぐむ。

ここで苦手だと告げたら、柚子もホラーが得意ではないのに、わたしに気を遣ってボッチ映画になってしまうかも。とはいえ、予知夢で見たから知っているとも言い難い。

「ん？　なになに？」

両手を合わせたお願いポーズを続ける柚子。

やはり今は、苦手だと打ち明けるべきじゃない。映画は薄目で観ればどうにかなる……はず。

わたしは覚悟を決め、笑みを浮かべた。

「えっと、大丈夫。チケット代は払うよ」

「一緒に行ってくれるの？　ありがと～！　ポップコーンとドリンク奢らせてね」

「い、いいよ。気を遣わないで」

本音を隠すのは嘘をついているようで心苦しい。けれど柚子が喜ぶのを見ると、わたしの判断は間違っていないのだと感じられて救われる。

「あ、そうだ莉緒、それ、今月号の特集って――」

柚子が莉緒の席に話に向かうのを見送る最中、バチリ、隣の席の佐野と目が合った。

彼は眉間に皺を寄せ、わたしを見つめながらぽつりと呟く。

「やっぱり、繰り返してんのか」

「……え？」

何の話かわからず首を傾げる。

「わたしに話してる？」

「……悪い、なんでもない」

佐野は険しい顔のまま目を逸らした。

いったいどうしたのだろう。というか、なんとなくだけれど、予知夢では佐野とここで珍しく会話したような気がする。もしかして今のがそうだった？

いや、それよりも。

『繰り返している』

佐野が零した言葉が、胸の奥で引っかかって落ち着かないのはどうしてか。

もうずっと、人に合わせることを繰り返している自分がいるから？

莉緒の髪型も、柚子との映画も、わたしの描く絵も。

いつだってわたしは誰かに合わせてばかり。

でも、人に合わせていれば誰かを傷つけることはない。現に、失敗したあの日から
そうして気をつけてきて、うまくやってこられている。

……だのに、いつだって迷いと後悔が生まれる。

本当にこれでいいのかと。

こんな風に思い悩むのも、もう何度目だろう。

予知できたって何かが変わるわけじゃない。変えられず、繰り返しては後悔する。

そしてそれは、わたしの描く絵も似たようなもの。

放課後、部室に到着したわたしは、その絵と今日も向き合うべくキャンバスを乾燥ラックから取り出した。

「やっぱりだめか」

朝、視界の彩度が変わっていなかったので予想はしていたが、やはりアゾイエローを使った部分が見えないままだ。

原理はよくわからないけれど、もしこのまま黄色だけ描き込めなかったら、展覧会の作品は黄色を使わない絵にしなければならないだろう。

色が欠けた絵をしばらく見つめたわたしは、湧き上がる不安感を胸の奥に押し込めるように深呼吸をして、キャンバスをイーゼルに立てかけた。


部活後、すっきりとしない気持ちで駅のホームに立ち、スマホに保存した描きかけの絵を見つめる。

わたしらしさのない、わたしではない誰かのよさが滲む、太陽の輝きが欠けた絵を。

顔を上げれば看板のインフルエンサーが『アナタらしさで突き進もう！』とプレッシャーをかけてくる。

今のわたしらしさとはどんなものか。思い耽《ふけ》り、だんだんと息苦しさを感じた直後、隣に佐野が並んだ。

イヤホンをしているし、挨拶しても聞こえないかもしれない。けれど、このまま立っているのも気まずくて声をかける。

「おつかれ」

「おつかれ」

音が流れていないのか、すぐに抑揚のない挨拶が返ってきた。しかし、その視線はぼんやりと線路の向こうの看板を捉えている。

『二番線、電車がまいります。黄色い線の内側までお下がりください』

アナウンスが流れて佐野から視線を外す。

今日の佐野は様子が変だ。部活がハードで疲れているのとは違う気がする。

『何かあったの？』

昔のように気軽に聞けず、ただ佐野の横に立っていると、やがて電車がゆっくりとブレーキをかけて止まった。

それと同時に、ぞわりと背中に悪寒が走り、身体が震える。

ああ、本当に体調が最悪だ。疲れだけでなく風邪までひいたのかと両手を交差させ腕を摩る。

一息つくかのような電車の噴射音を追うように、佐野がため息を吐いた。

悩み事でもあるのだろうか。

だるそうな足取りで電車に乗り込む佐野に続き、わたしも車両に足を踏み入れ――。


「……さわ……森沢！　森沢和奏！」

気づけばわたしは、教室にいた。

「え……どういう……状況？」

まばたきを繰り返していると、黒瀬先生が呆れた目でわたしを見据える。

「まったく、寝てたのか？」

寝ていた？

違う、わたしは電車に乗った。元気がない佐野の背中を見ながら乗ったはず。

というか、こんなことがつい最近もあった。

先生の声で目覚めて、教科書を読まされるのだ。そう。

「教科書二十四ページの五行目から？」

「なんだ、起きてたか。はい、じゃあ読んで」

当たっていた。でもこれは予知夢を見たという感覚ではない。

わたしが体験した記憶として覚えているのだ。

「よし、そこまで。じゃあ次は——」

読み終えて席に着き、すぐに黒板をチェックする。

そこには信じられないことに、『五月三十日　火曜日　日直　岡部　関口』とあった。

待って、待って待って。五月三十日は昨日でしょう？

混乱していると、佐野がうんざりした長い息を吐いたのが聞こえた。

電車に乗る前もそうだったなと思い、佐野を見て、はたと思い出す。

柚子の映画の誘いを受けたあと、険しい顔をした彼が零した言葉。

『やっぱり、繰り返してんのか』

あの時は、人に合わせてしまう自分に繋げて考えてしまったけど、もしかして、もしかすると。覚えがあると思っていたのは。

「同じ日を繰り返してるって、こと？」

悪夢でも予知夢でもなく、現実として。

呟いた直後、佐野がわたしを見て目を見張る。

「まさか、お前も？」

信じられない気持ちで見つめ合うわたしたちを、黒瀬先生がのんきな声で「そこー、私語は慎めー」と窘《たしな》めた。

第二章

褪せゆく世界

昼休み、わたしが向かい合うのはいつメンの莉緒たちではなく。

「で？　何を話すって？」

無愛想な顔で焼きそばパンをかじる佐野だ。

「もちろん、今の状況について」

誰もいない空き教室で、苦手な佐野とふたりきりで話すなんてそれ以外ない。

わたしが誘った時点でわかっているものかと思っていたけれど、もしかして佐野は深刻に捉えていないのか。

というか、佐野とこうして向かい合って話すのは久しぶりで緊張する。

そしてそれは多分わたしだけで、ひとつの机を挟んで座る佐野の顔に緊張は見えない。

見えないといえば、わたしの視界はまだ彩度が落ちたままだ。

……いや、さらに少し落ちた。景色は色づいているが、彩度は昨日より低下して薄く感じる。

違った。正しくは昨日ではなく、明日、か。

「確認だけど、わたしたちは同じ日を繰り返してるのよね？」

「そうみたいだな」

「わたしの記憶だと、三十一日の夕方にリセットされて、三十日の古典の授業中に戻ってきてるんだけど佐野は？」

「同じく」

素っ気ない受け答えは彼らしいが、そこが苦手なわたしにはやはり居心地が悪い。

「リセットされてるのはわたしと佐野だけ？」

「多分？」

「どうしてわたしたちだけなんだろう」

「さあ？」

「あの、もうちょっと考えてもらえると嬉しいんだけど」

適当な返事をする佐野にイラつきながら、できるだけ柔らかい口調でお願いして卵焼きを頬張る。

「考えたってわからないだろ」

「でも、もしかしたらわかるかもしれないでしょ？」

ふたりだけリセットされる原因が何か。

それがわかれば正しい時間の流れに戻れるかもしれないというのに、佐野にはやる気が微塵も感じられない。そのうえ。

「お前は鈍いから無理だろ」

失礼なことまで言ってきた。

「そ、そんなこと」

「ある。そもそも、俺は最初に三十日に戻った時点で〝なんか覚えてる〟って感じて状況を観察してた。でもお前は不思議に思っただけだったろ？　見た感じ、行動もそんな変わってなかったし」

「不思議っていうか、最初はデジャヴかなって……。でも、こんな特殊な状況で気づける方が珍しくない？」

「そうか？　お前は普段から流されてばっかだから気づけないんだと思ってた」

ぐさり。佐野の容赦ない言葉が胸を刺し、ハンバーグを運ぶ箸を咥《くわ》える振りをして唇を引き結ぶ。

佐野には見抜かれていた。だけど当然かもしれない。

仲がよかっただけに、佐野は以前のわたしをよく知っているのだから。

「お前にホラーが苦手だって話しかけたのも、変化を確かめるためだった。何がどうなってんのかわかんねーけど、とりあえず何かアクションを起こしてみたらどうかと思ってあれこれやってみたんだ」

佐野の話を聞いて自覚する。

確かに、彼に比べたら自分は鈍いかもしれない。既視感は予知夢の可能性を確かめるだけだった。行動を変えてみるなんて考えもしなかった。

「試してみて何か変わった？」

「特に。つか、また繰り返してんのでわかるだろ」

つまり、会話や状況に多少の変化は見られても、リセットされるらしい。

「リセットのタイミングは電車に乗った時、だよね」

「ああ、三十一日のな」

そう、三十日は普通に乗って帰宅できる。

そしていつも同じメニューの夕食を食べるのだ。

「そういえば、電車に乗る時間っていつも同じじゃない？」

「……確かに、そうだな」

乗車時間まで意識していなかったのか、佐野の瞳が希望に輝く。

「じゃあ、時間をずらして乗ってみるのはどうかな？」

「やってみる価値はあるな」

賛同した佐野は、完食した焼きそばパンの袋をくしゃりと潰し、コロッケパンを手にする。

「えっとじゃあ……明日、部活終わったら待ち合わせ……でいい？　それとも別々で試す？」

ふたり一緒にでもいいが、別々の場所にいてもリセットされるのか試すのもありだろう。

そう思って確認をとると、佐野は「いや」と拒否した。

「別々は念のためやめた方がいいかもな。俺だけ抜けたらお前が可哀そうだし」

「なんで、わたしだけ抜けられない設定なの」

思い切り眉を顰めると、佐野はにやりと意地悪そうに口角を上げて。

「鈍いし、とろいから」

わたしへの悪口を追加した。

悔しいけれど、佐野に比べたら運動神経も遥かに悪いわたしは、とろくないと反論できず、うるさいと言う代わりにご飯をかき込む。

すると勢いがよすぎたのか、うっかり詰まらせかけて咽《む》せてしまった。

どんどんと胸を叩くと、佐野が「ほらな」と破顔する。

久しぶりに見たその笑みに、心臓がドキリと跳ね上がったのは、多分……気のせいだ。


——翌日。

正門で待ち合わせたわたしたちは、予定通りホームに並び立った。

「で、十七時四十五分発のは見送って、次の電車に乗る。でいいな?」

「うん、オッケー」

一両目、一番ドアの乗降口。乗客の邪魔にならないよう、後方に下がって待機する。

いつもはイヤホンを着けている佐野の耳には何もない。

わたしも、手にしたスマホに、いつも眺めている自分の絵は表示させていない。

でも、それは佐野が一緒にいるからだけじゃなかった。

キャンバスに描けない色が増えてしまい、見ると気落ちするからだ。

アゾイエローに続き、消えたのはピロールレッド。そのため、混ざり合ってできていたオレンジ系の色もすっぽりと無くなってしまった。

どうにかできないかとあれこれ調色してみたもののうまくいかず、絵は今、温かみが抜けて寂しい風景画になっている。

ただし、そう見えているのはわたしだけで、他の人たちには赤も黄色も普通に見えているらしい。

さすがに二色も見えないと全体のバランスがとれず塗るのは難しいので、昨日今日とあまり手をつけていない。

『二番線、電車がまいります。黄色い線の内側までお下がりください』

アナウンスが流れて、ふいに吹き込んだ風が、わたしたちのネクタイを揺らす。

「これでダメだったらどうしよう」

「試合は、最初から負けるつもりで挑まない」

「ご、ごめん。そうだよね」

弱音を吐いてしまって情けない。

ぎこちない笑みを浮かべていると、佐野がため息を吐いた。

「お前さ、いつまでそうやって笑ってんの？」

「え？」

「俺、そうやって作り笑いするお前は嫌い」

ストレートな佐野の言葉がこれ以上ないくらい胸をえぐり、一瞬呼吸を忘れる。

わたしも、そうやって人の気持ちを考えずに、ズケズケとものを言う佐野は嫌い。

喉まで出かけたその言葉を呑み込んで、佐野から目を逸らす。

どうして、一緒に時を巡るのが佐野なのか。

今すぐ彼の傍から逃げ出したい衝動を抑え、スマホを両手で持って強く握った。

佐野はもう何も言ってこない。ただ無言で立ち続けていると、いつも乗っている電車が到着した。しゅーっという音と共にドアが開き、乗客が乗降する。

ふと、窓から顔を出してホームを確認する運転士を見た瞬間、ぞくりと悪寒が走った。

「……まただ」

「どうした？」

「電車が入ってきたあと、寒気がするの。佐野は感じたりしない？」

問いかけに、佐野は眉根を寄せつつ目を見張る。

「ある。背筋がぞわぞわする」

「佐野もなんだ。これってリセットに関係あるのかな」

「俺とお前、同時に起こってんならあるかもな」

アナウンスが流れ、車両のドアが一斉に閉まる。ややあって、電車は滑るように動き出した。

「抜けられるかな」

ゆっくりと速度を上げていく電車を見送りながらそう零した直後、唐突に視界がホワイトアウトし——。


「……さわ……森沢！　森沢和奏！」

また、三十日に戻ってしまった。

「嘘でしょ……」

思わず声を零して佐野を見ると、彼はうんざりしたように両手で顔を覆っている。

「まったく、寝てたのか？」

黒瀬先生に、呆れた眼差しで突っ込みを入れられるのももう何度目か。

わたしもうんざりしかけるが、視界の彩度がまた低下しているような気がして背中に嫌な汗が流れた。

まさか、リセットするたびに悪化しているの？

だとしたら、いつか見るものすべてから色がなくなって、わたしの世界はモノクロになってしまうのでは。

ダメだ。落ち込んでいる暇なんてない。今回で必ずリセットを阻止しなければ！

心を奮い立たせ、「先生！」と挙手する。

「佐野君が具合悪そうなので、保健室に連れて行きます！」

突如巻き込まれた佐野は、『お前なに言ってんの』という顔をしているが、『ね!?』というアイコンタクトで圧をかける。

すると悟ってくれたようで「イタタタタ」とぎこちなくお腹を押さえ身をかがめた。

「あー……なんか、寒気と吐き気と腹痛と頭痛が。保健室に行かせてもらえますか」

症状がてんこ盛りすぎておかしいが、サボりなんてしないうえ健康な佐野が訴えたのが逆にリアルだったようで。

「お、おう。わかった、行ってこい」

黒瀬先生の許可が下り、わたしは佐野の背に手を添えて教室を出た。

廊下を歩きながら「不自然すぎだろ」と佐野が突っ込んでくる。

「わたしは保健委員だから連れ出すのは自然。不自然なのは、棒読みで不調を訴えた佐野でしょ」

　さっきの佐野の演技を思い出し、堪えきれずにふふっと笑ってしまう。

「合わせてやったのに笑うな」

「ごめん。ノってくれて助かった。ありがと」

「次はやらないからな」

「次がないのが一番なんだけどね」

　リセット地獄から抜け出して、六月一日を迎えたい。だから、次は仮病など使わずに済むのが一番だ。

　たどり着いた保健室の扉には『出張中』のプレートがぶら下がっている。

「ラッキーだね」

　引き戸を開けて中を確認すると、室内に生徒の姿は見えない。

「よかった。これで気兼ねなく話せる。あ、でも一応ふりはしておかないと」

　保健室に来た記録を残さねば。

　わたしはデスクのペン立てに体温計を見つけ、丸椅子に座った佐野に差し出した。

　けれど佐野は「別に律儀に測らなくても適当でいいだろ」と体温計をペン立てに戻し、

『病気の記録』と書かれた用紙に体温を記入する。

「ていうか、先生いたらどうするつもりだったんだよ」

「そのまま空き教室かどこかで話そうかなって」

「サボるの手慣れすぎか」

「な、慣れてないから。サボったことなんて一度もないし」

今回は緊急事態なのだ。

リセットまでの間隔もそれほど長くないし、早めに話し合うに越したことはない。

わたしは先生の椅子を引いて、佐野の向かい側に座る。

「で、佐野は現状をどう思う？」

「電車に乗らなくてもリセットした」

「うん、それはわかってる」

ホームに立ったわたしたちは確かに電車を見送った。けれどこうして戻ってきてしまったということは。

「電車に乗るのは関係なくて、駅にいるのがダメ、とか？」

「その理由は？」

「確信はないけど、ふたり揃って身体に異変があったでしょ？」

「ああ、寒気みたいなぞわぞわするやつか」

「あれが駅にいることでなるとしたら？」

あの悪寒がリセットの前兆なら、起きないようにすればいいのかもしれない。そして今のところホームで感じているので、ひとまず駅から離れていればどうかと考えた。

「なら次は別の場所で待機してみるか」

「うん、やってみよう。……あ、そうだ。さっき話した身体の異変のことなんだけど、寒気とは別に気になることがあって」

佐野が視線だけで「なに？」と尋ねる。

「佐野ってリセットされたあと、身体に変化が起きたりしてない？」

見た感じ、特に困った様子はなさそうだし、異常があるのはわたしだけという可能性も――。

「してるな」

「えっ、してるの⁉」

わたしだけじゃなかった。

「それってどんな？」

「見える色が薄くなってってる」

「一緒！」

まさか佐野にも同じ症状が出ているなんて。

「え、そんな状態なのに、なんで普通なの」

「それ、そっくりお前にもブーメランだから」

「わたしは内心かなり焦ってるよ。一晩経ったら治るかなって期待したけど、結局悪化してるし……」

今はまだ彩度だけだが、そのうち視力がすべて失われたら……。そう思うと怖い。気持ちの降下と共に視線も膝へと落ちていく。

「でも、リセットされなくなれば戻る」

その淡々とした佐野の声にわたしは顔を上げた。

「どうして言い切れるの？　もし抜けられても色は戻らないかもしれないじゃない」

「だとしても、このリセット地獄に留まるよりマシだろ」

いえている。ずっと同じ日を繰り返す方が苦痛だ。

まして、リセットされるたびに悪化するなら、早くこの状況から脱しなければ。

「そうだよね。身体のためにも、とにかくリセット解除方法を探そう」

後ろ向きに考えても仕方ない。

リセット解除を目指し、できること、思いつくことをとにかくやらなければ。

翌日。わたしたちは部活後、学校に残ってその時を待つこととなった。

「それじゃあ森沢さん、鍵だけよろしくね」

「はい」

部室から先生が出ていくのを見送り、ひとりきりになったわたしはスケッチブックを持ち直した。

やはりリセット解除後のことを考えると、展覧会用のこの絵に色を重ねるのは危険なので、今回はデッサンに徹している。彫像、野菜の模型など、部室にあるものをひたすら描き続ける時間は、息抜きになってちょうどよかった。

リセットが繰り返されている時刻までまだ少しある。もうひとつくらい描けそうだ。

次は何にしようかと辺りを見回すと、視界の隅にキャンバスが収納されている乾燥ラックが入り込んだ。

立ち上がり、今日は一度も見ていない自分の風景画を手に取る。

度重なるリセットにより、三色目のローアンバーを使った茶色が欠けてしまった風景画はすっかり温かみを失って寒々しい。

波打ち際の親子も風邪をひいてしまいそうだ。

リセットから抜け出せたら、欠けた色も戻るだろうか。

けれど戻ったとして、この絵を描き続けていいものか。

何度描き直しても、わたしらしさを感じられないこの絵を。

ガラリ、思考を遮るように扉が開いてそちらを見やる。そこには、練習着を着た佐野が立っていた。

「どうしたの？」

「お前と同じ場所にいた方がいいだろ」

佐野は扉を後ろ手に閉めると、興味深そうに部室を見回しながら歩く。

「佐野だけ抜け出せちゃうかもしれないから？」

「そう。そうなったら寝覚めが悪いし」

からかうように微笑した佐野は、壁際に飾られている卒業生の作品に目を通す。

「美術部の部室って初めて入った」

「そうなんだ。でも、美術室とそんなに変わらないでしょ？」

「美術室よりごちゃっとしてる」

「作品がいっぱいあるからね」

現美術部員だけでなく、卒業生の作品やデッサン用の石膏像の種類も多い。本棚に並ぶ美術関連の資料もより専門的だ。

ゆっくり見回っていた佐野が、わたしの隣に立つ。

「それ、お前の絵？」

「うん……夏の展覧会に出すやつ」

「ふーん。なんか、中学の時の絵と変わったな」

その声色から、いい意味ではないと悟らされて心臓が重く脈打つ。

けれど次の瞬間、わたしはわたしたちの違いに気づいた。

「佐野にはこの絵、どう見えてる？」

「は？　別に、普通の風景画」

「そうじゃなくて、この辺の黄色とか赤とか見える？」

「見えるけど」

「そっか……じゃあ、わたしだけなんだ」

佐野も彩度が落ちているならもしかして、と思ったけれど、どうやら見えないのはわたしだけらしい。

「……もしかして、お前には見えないの？」

こくりと小さくうなずく。

「リセットされるたびに、色が一色ずつ無くなってるの。塗り直しても色がつかなくて」

「リセットのたび、か。なんか、カウントダウンみたいだな」

「……確かに、色が欠けていくのに合わせて視界の彩度も落ちてる。じゃあ、手持ちの絵の具が全部使えなくなったら、わたしたちの目が見えなくなる、とか？」

保健室でした悪い予想通りになってしまうんじゃないか。恐ろしい未来を想像し、顔から血の気が引いていく。

「絵の具は全部で何色?」

「十二色」

「消えた数は?」

「三色」

残り九色か、と佐野が呟く。

「この九色分もリセットされたら、目が見えなくなるだけじゃなく、永遠に抜け出せなくなるのもあり得るな」

さらに恐ろしいことを口にされ、心臓を鷲掴みにされたような感覚になる。

「ど、どっちも嫌だよ」

「俺も。インハイ出たいし。お前もその絵、完成させたいんだろ?」

「あ……うん。そう、だね」

佐野のようにはっきりと言い切れず、同時に浮かべた笑みも苦いものになってしまった。

「歯切れ悪いな」

「えっと……実はちょっと、絵に納得がいってなくて」

ここで誤魔化して雰囲気が悪くなるのが嫌で、正直に打ち明けた。すると佐野はキャンバスに描かれたわたしの絵を眺めながら「ふーん」と興味なさげに言って。

「まあ、可もなく不可もなくって感じだしな」

よく言えば忌憚《きたん》のない、悪く言えば無遠慮すぎる感想で、わたしの胸を突き刺した。

「ありきたりってこと？」

言い方はともかく、佐野には無難な絵に見えるとしたら、展覧会に飾られても、誰かの目を引くことも、印象に残ることもできないということ。

「絵について俺は詳しくないからわからないけど、感覚的に言わせてもらうなら、愛想笑いして流されてるお前みたいに見える」

追い打ちをかけるようにはっきりと言われ、傷つき、涙ぐみそうになるのを堪えるように唇を引き結ぶ。

佐野にわたしの何がわかるの。

そう思うのと同時に、確信した。させられてしまった。

佐野の言う通り、やはりこの絵はわたしそのものなのだと。

わたしの描く作品は、あの日から変わってしまっていた。人に意見を合わせるようになって、それが描き方にまで影響して、今のようになっている。

わたしらしさを失った、わたしの絵に。

色が欠けている様も、わたしらしさがないと訴えているように思える。このままでは自分らしさを見失うと、示唆しているのかも。

だから、わたしにしか色欠けが認識できないとしたら納得だ。

ぞわり、いつもの悪寒が走る。

「そろそろだな」

隣から佐野の声が聞こえて、わたしは小さくうなずいた。

もう一度、あの頃の自分のように描けたら。

絵を見つめながら願った直後、わたしの視界は真っ白に染め上げられた。


「……さわ……森沢！　森沢和奏！」

「……はい、森沢です」

先生に呼ばれたわたしは、人の目を気にする余裕もなくがくりと机に突っ伏した。

「ど、どうした。ぼーっとしてると思ったら、具合でも悪いのか？」

具合というか目の調子はよくないし、なんならまた彩度が落ちたけれど、今ダメージを受けているのは心の方だ。

佐野からダメ出し攻撃されたうえ、またリセットされてしまってはさすがに心が折れるというもの。

返事する気力もなく机に伏せたままでいると。

「すんません先生。俺、寒気と吐き気と腹痛と頭痛があるんで帰ります。ついでにこいつも連れて帰ります」

勝手に早退を決めた佐野が、椅子を引いて立ち上がった。今回はわたしの方が『なに言ってんの』という顔になってしまう。

「待て待て、帰る前に保健室だろ」

「保健の先生、不在なんで」

「そ、そうだったか。なら仕方ない、か？」

淡々とした佐野の圧に負けたのか、あっけなく早退が許可された。

本当にいいのかと戸惑っていると、佐野に小声で「いくぞ」と促される。

急いで鞄を手に立ち上がったわたしは、先生に一礼し、心配そうな莉緒に小さく手を振ってから教室を出た。

佐野は本当に帰るつもりのようで、下駄箱に着くとスニーカーを地面にポンと置く。

「さ、サボるの？」

「授業に出るより、リセット回避法を探す方が重要だろ」

確かに、いまだリセット条件や原因に見当がつかない今、学校で授業を受けている場合ではない。ましてカウントダウンによるリミットがあるならなおさらだ。

これからどうするか。わたしたちは再び話し合うため、高校から歩いて十分ほどの海岸にやってきた。

わたしが描いている絵のモデルである、海岸に。

迎える潮風に暴れる髪を手で押さえる。海岸に人の姿はなく、寄せては返す波音を聞きながら、海岸沿いに設置された木製のベンチに腰掛けた。

すると、近くの自販機で飲み物を買っていた佐野が、「やる」とペットボトルを一本手渡してくれる。

「ありがとう」

よく冷えたそれを受け取ったわたしは、梅が描かれているラベルを見て目を丸くした。

もしかしてこれって。

ペットボトルを見つめていると、隣に腰を下ろした佐野が首を傾げる。

「好きだったろ？」

「う、うん。覚えててくれたんだ」

「だってお前、一時期そればっか飲んでたし」

確かにそうだった。佐野と遊んでいた頃は、ほぼ毎回この梅ジュースを持参していた。ほどよい甘酸っぱさが好みだったのだ。

「スーパーとかコンビニで見なくなったから、もう売ってないのかと思ってた」

「あー、言われてみれば、俺も他では見ないな」

聞けば、バスケ部の走り込みでここをよく通るらしい。だから、そこの自販機にあるのを知っていたのだと話した佐野は、からかうように微笑する。

「これ見ると、自然とお前の顔がちらつくんだよな」

わたしのことなんて、少しも気にしていないと思っていた。思い出してくれていたなんて、考えてもみなかった。

そもそも、普段は素っ気ないくせに、さりげなくジュースを買ってくれるとか、そういう気遣いができるのは何だかずるい。

そういえば、佐野は昔から女子に人気があったっけ。中学の時に、女子に告白されているのを偶然見かけたこともある。

多分、こういうところが魅力的……って、いやいや、これじゃまるで、わたしが佐野を魅力的だと思っているみたいじゃないか。

「で、どう思う？」

「ど、どうって、今さらそんな目で見るなんて」

「なんの話してんだ？」

「……え？」

「え、じゃねー。俺は、リセット条件についてどう思うって聞いてんだけど」

「ああっ、そっち！」

危ない。佐野が見せたギャップに動揺して、うっかり勘違いしてしまった。ドキドキと暴れる鼓動を落ち着けるように、少々わざとらしい咳払いをひとつする。

「えっと、場所は関係なさそうだね」

学校にいてもリセットされたなら、どこにいても同じだろう。

ペットボトルのキャップを回して開けると、プシュッと空気が抜ける音がした。

「だな。ちなみに、前回と今回、時計見て確認してみたけど、リセットの時間はどっちも五月三十一日の十七時四十五分だった」

「時間は毎回同じなのね」

おそらく、その時間になるとどこにいてもリセットされるのだ。

「場所が関係ないとしたら、その時間に別の要因でリセットになるのかな……」

「別の要因って？」

「それがわかってたらリセットされてないよ」

苦笑して梅ジュースをひと口、喉に流し込む。

「うん、久しぶりに飲んだけど美味しい」

「そりゃよかったな。てかお前、明日も映画の誘いに乗んの？」

「乗るけど」

「ホラー苦手なんだろ？　断れば？」

「だから、そうしたら柚子がひとりで行くことになっちゃうし」

前にも話したはずだ。けれど、佐野はため息を吐いて呆れた眼差しを向けてくる。

「嫌なら嫌、無理なら無理、苦手なら苦手だって言えよ。相手だって、お前に無理してまで一緒に行ってほしいとは思ってないだろ」

「そんなの……わかってる」

柚子は優しいから、苦手だと言えば無理に誘うことはないと。でもだからこそ、言わずに誘いを受けているのだ。

「わたしが余計なことを言わなければ、柚子は困らないんだからそれでいいの」

「お前、そうやって人に合わせてばっかだよな」

指摘され、海を眺めながら眉根を寄せた。

「さ、佐野は、相変わらず相手の気持ちを考えずにズバズバ言うよね。それで相手が傷つくと思わないの？」

言われてばかりで我慢できなくなり、ためらいつつもつい言い返してしまう。

「つまり、お前は相手を傷つけたくないから言わないってこと？」

「そうだよ」

「ふーん？　俺から見たお前は、自分を守ってるようにしか見えないけど」

――ザザン、と。砕け散る波音が、佐野の言葉と共に鼓膜を震わせた。

『自分を守っている』

雷に打たれたように、言葉を失う。

わたしはずっと、相手を傷つけないようにと気をつけているつもりだった。あの時のように、わたしの言葉が相手を傷つけないようにと。

けれどそれは建前で、本当はわたしが傷つきたくなかったのだ。拒絶され、またひとりになるのが怖いから。

だから、弱くて卑怯なわたしは、周りに同調し、誰かのためにと言い訳をして、わたしを守っていた。

じわり、目頭が熱を持つ。堪えるように、ぎゅっと拳を強く握った。

「わたしだって、わかってる。人に合わせて、流されるばかりじゃダメだって……」

相手のためにと言いながら、自分のために言葉を呑み込んで、人の意見にうなずいて。そんなの友人を騙しているようなものだ。いいわけがない。

「だけど、どうしても三年前のことが頭から離れないの。わたしの言葉ひとつで、またひとりぼっちになるかもって思うと、すごく、怖い」

弱いわたしは結局、傷つくことを恐れ、本音を隠し、愛想笑いを浮かべてやり過ごしてしまうのだ。

悔しくて、情けなくて、苦しくて。

ぽろぽろと頬を伝う涙を指で拭い、陽を浴びて煌めく海から目を逸らした。

似ているのだ。力強い反射が、アドバイスを受けて描いた海に。

佐野がわたしみたいだと言った絵に。

そう感じてしまった途端、溺れていくような息苦しさを覚える。

「絵のことだってわかってる。描いても描いてもしっくりこないのは、わたしの心のせいだって。わかってるのにぐるぐるうじうじ悩んで迷って、ほんっとわたしって、弱くて自分がなくて……嫌になる……！」

ずっと抑え込んでいた気持ちが爆発し、感情のままに吐露しながらうつむいた。

とめどなく零れ落ちる涙を手の甲でぐっと拭うと、佐野がふ、と息で笑う気配がして顔を上げる。

すると、まなじりを和らげる佐野と視線が交わった。その優しげな表情は、もっと見ていたいような、早く目を逸らしてしまいたいような、そんな落ち着かない心地にさせる。

「さっきから本音、言えてるじゃん」

「こ、これは、佐野が言わせたようなものでしょ」

「なら、俺には本音で話せば?」

佐野の申し出に、わたしは涙で濡れた目をまたたかせた。

「俺にはいいも悪いもはっきり言ってくれてかまわない。お前らしく、感じたまま話せばいいよ。そうやって本音で話すリハビリしてたら、いつか他のやつらにも本音で話せるようになるかもしれないし」

「いい、の?」

「いいよ。つーか、前はそうだったろ」

今さらだろと小さく笑った佐野は、鞄からハンドタオルを取り出して「拭け、使ってないから」とわたしの顔に押しつけた。ふわり、石鹸のいい香りが鼻孔をくすぐる。

「ありがと……」

ずっと距離を置いていたのに、そんな風に言ってもらえるなんて思ってもみなくて、感極まった鼻がツンとする。

どんなわたしでも受け入れてくれる人がいる。それは心が震えるほど嬉しく、心強く、海に溺れかけてもがいているわたしの手を引き上げてくれたような感覚がした。

が、しかし。

「まあそもそも、ひとりになったのはお前のせいだけどな」

あの日の傷口に塩を塗りつけ、再び海に放られた。

借りたタオルで口元を隠したまま顔を強張らせていると、佐野が「あ」と珍しく焦った表情を見せる。

「勘違いするなよ？　中学ん時、お前になんかあってひとりになってたのは知ってるけど、詳しくは知らない。だから、俺が言ってるのはそのことじゃなくて、俺を避けたからだって意味だからな」

「うっ……」

今まで突っ込まれなかった話題に突如触れられ、わたしは瞳を泳がせながら逃げるように海を眺めた。

「ご、ごめん。あの時は、一緒にいたら佐野にあれこれ言われると思って」

当時は無意識だったけど、自分が傷つきたくないのだと自覚した今ならわかる。

あの頃のわたしには、佐野の言葉を受け止めるだけの余裕がなかった。だから、傷つかないために距離を置いたのだ。

そうやって自分の心を守ることを優先しているうちに、遠慮のない佐野に苦手意識を持つようになってしまった。

「それで避けてたのかよ……。まあ、言わないとは言い切れないけど、俺を避けなければ、お前はひとりじゃなかっただろ」

淡々とした口調だけれど、頼もしい言葉をもらい、嬉しいのに素直になれず。

「かっこつけてる」

つい可愛くない態度で突っぱねてしまうと、佐野は不機嫌そうに海へと視線を移した。

「つけてねーよ。とにかく俺は、ハイハイ言って人に合わせてる今のお前より、はっきりと自分の意見を言える前のお前の方が好きだってこと」

さらっと、けれどぶっきらぼうに口にされた好意に鼓動が高鳴る。

きっと他意はない。前のわたしを知っている佐野なら、今のわたしよりいいと思って言っただけだ。

だけど、俺には本音で話していいとか、わたしが望めばひとりにならなかったとか。

――好き、とか。

そんな特別な言葉を何個ももらったら、いくら相手が佐野でもときめいてしまう。

佐野はただ励ましてくれているだけ。なのに、わたしの心はさっきから振り回されっぱなしだ。

返す言葉が見つからず、海を見つめる佐野から目を逸らして鼻を啜《すす》る。

その時ふと、足元に置かれた佐野の鞄から、お守りがはみ出ているのに気がついた。

色違いだが、わたしとお揃いの藍色のお守りだ。

「わたしがあげたお守り、まだ持ってたんだね」

「ああ、願掛けしてるから、叶うまではな」

「バスケのこと？」

佐野のことだ。十中八九、NBAで活躍する選手になれますように、だろう。

「願い事は口にしたら叶わなくなるらしいから教えない」

「口にしなくてもわかっちゃう場合は？」

「さあ？　でもわかってないよ、お前」

「え、バスケじゃないの？」

再度尋ねるも、佐野は答えない。

「叶ったら教えてやる。ようやく叶えられそうだし」

ようやく……ということは、近々叶いそうということ。だとすれば、確かにバスケではなさそうだ。

「というか、そもそもご利益あるのか？」

お守りを手にした佐野は「結ノ剋《ゆいのこく》神社」と刺繍《ししゅう》された名前を読み上げる。

「あると思うけど……」

今まで気にしたことがなかったので、調べてみようと借りたタオルを膝に置いてスマホを取り出す。

神社の名前を入力して検索をかけるが、ホームページは見当たらない。なので、神社を検索できるサイトにアクセスしてみる。

「あった、結ノ刻神社」

佐野がひょいと覗き込んできて、見やすいようにスマホを佐野の方に寄せた。

「小さい神社みたい。創建年は不明……」

記されている情報を声にしながら画面をスクロールすると、『時を司る神を祀《まつ》っている』とあり、わたしたちは目を見合わせる。

「リセットと関係あると思う？」

「どうだろうな……。ちなみにお前はまだ持ってんの？」

「ここに着けてる」

横に置いていた鞄を持ち上げ、ファスナーのスライダーに括りつけているお守りを見せた。

「でも、お守りが原因だとして、今まではなにもなかったのになんでだろう」

「まだこれのせいだと決まったわけじゃないだろ。ひとまず調べてみるか」

「どうやって？」

「まずは現地。サボってる時間を有効活用して、手がかり探しに行くぞ」

そう言って、スポーツドリンクで喉を潤した佐野は腰を上げた。

考えたってわからないと言っていた佐野が、率先して動いている。その変化を嬉しく思い、わたしも共に原因究明に赴《おもむ》くべく立ち上がった。

佐野のおかげで、心が少しだけ軽くなったのを感じながら。


渚高の最寄り駅から電車に乗って約一時間。田園が広がるのどかな地に降り立ったわたしたちは、スマホのナビに従い水路沿いのあぜ道を歩く。

梅雨が近づく田んぼでは、柔らかな風を受ける稲が、緑の葉を気持ちよさそうに揺らしている。

青々とした空気で肺を満たしつつ、砂利を踏み鳴らして進むこと十分ちょっと。小さな山のふもとにひっそりと佇む結ノ剋神社に到着した。

苔の生えた石造りの鳥居をくぐり、幅の細い階段を上がっていくと、長い参道の奥に、樹木に囲まれた小さな社が見えてくる。

「あれが拝殿かな？」

「多分？」

最低限の世話しかされていないのか、寂れた境内はところどころ雑草が生い茂っている。手水舎《てみずや》は水も流れておらず、僅《わず》かな木漏れ日を受ける拝殿は老朽化していて、どこか物悲しい雰囲気だ。

わたしたちは拝殿の前に並び、賽銭箱にいくらか投げ入れて手を合わせる。

どうか、リセットから抜け出せますように。

願った刹那、ふと金属が焼けたような匂いが鼻をついて顔を上げた。

「どうした？」

「なんか、鉄か何かが焦げてる匂いがしない？」

「鉄？」

佐野が確かめるようにスンスンと鼻で息を吸う。

「いや……しないな」

「本当？　気のせいかな」

まだうっすらと匂っている気がするが、今は手がかりを探すのが先だ。

リセット現象の解明に繋がるヒントはないか。拝殿に納められている鏡を観察するが、特に変わった様子は見られない。時の神様の力なら、ご神体にヒントでもあるかもと思ったけれど、鏡はご神体ではないのか。

結ノ刻神社についてもう一度調べてみようとスマホを取り出す。すると、しめ縄が巻かれた巨木の前に立つ佐野が、わたしをちょいちょいと手招いた。

「何かあった？」

「この立て札」

読んでみろと促され、巨木の横で直立している立て札を見た。所々傷んでいて読みにくいが、どうやらこの神社に祀られている神様についての伝承らしい。

【結ノ刻の祭神】

結ノ刻のふもとの村に、親に先立たれるも仲睦まじく暮らす兄妹がいた。

ある日の朝のこと。兄は、共に山菜採りに行きたがる妹に待つように言い聞かせ、家を出た。

籠いっぱいに採れた山菜を背に、妹の喜ぶ姿を思い描きながら家に戻った兄は、一歩家に入った途端、悲鳴を上げて泣き崩れた。何者かによって家の中は荒らされ、妹が事切れていたのだ。

『もしもあの時、連れて出かけていれば妹の命は助かったのに』

深く悔やんだ兄は、村の外れの小さな社に願った。

『どうか、可哀そうな妹を生き返らせてやってほしい』と。

しかし死んだ者は生き返らない。だが、慈悲深い時の神が、後悔に嘆く兄を憐んで時間を戻し、兄は無事、妹を救うことができたという。

読み終えた時、脳裏におばあちゃんとの記憶が蘇る。

「わたし、この話知ってる」

「ここに来たことがあるのか?」

「ううん、おばあちゃんからお守りをもらった時に聞いたの」

大好きだったおばあちゃんは病を患い、お守りをくれた翌年に亡くなった。

お守りを渡された時のことは、不思議とよく覚えている。

秋晴れの空の下、赤い葉の絨毯《じゅうたん》が広がる庭で、ひらりひらりと降る紅葉をキャッチして遊んでいたわたしを、縁側に座ったおばあちゃんが手招いた。

『このお守りを持ってれば、いつかワカちゃんが困った時、神様がきっと助けてくれるよ』

そう言って目尻の皺を優しく深め、わたしの手のひらに、朱色と藍色のお守りを握らせた。

「お前のおばあさんからもらったものだったんだな。ここで買ったのか?」

問いかけた佐野は、社務所の見当たらない境内を見回す。

「作ってもらったって言ってた。確か、宮司《ぐうじ》さんと友達で、わたしが困った時に守ってくれるようにお祈りしてもらったお守りだって言ってたような……」

もう七年も前なので曖昧になっている部分もあるが、以前、お母さんがおばあちゃんとの思い出話で同じような説明をしてくれた。なので大体合っているはず。

そしておばあちゃんの友人という宮司はおそらく、この結ノ刻神社の宮司だろう。

「長年持ってて今さらだけど、お前にって作ってもらったものを、俺がもらってよかったのか？」

「それは……うん、あげたかったからいいの」

言葉を濁したのは、おばあちゃんの言葉をそのまま伝えるのが恥ずかしいからだ。

『お守りはふたぁつあるから、もうひとつは、ワカちゃんの大事なお友達にあげなね』

当時、そう言われたわたしの頭に真っ先に浮かんだのは佐野だった。

深く考えていなかったけど、もしかしたらあの頃のわたしにとって、佐野は特別な存在だったのかも……。なんて考えたら変に意識してしまいそうなので、今はリセットから抜けることだけに集中だ。

「でも、もしお守りがリセットの原因なら、わたしがあげたせいで佐野を巻き込んだのかも」

「別に巻き込まれたと思ってない。いちいち暗く考えんな」

「……うん、ありがと」

ぶっきらぼうな言い方だけれど、励ましてくれているのがわかって頬が緩む。

「それより、お前のおばあさんから他に何か聞いてないのか？　その困った時に守るっていうのが伝承と関係があるとか、兄妹の話が実話かどうかとか」

「うーん……聞いたような聞いてないような……」

「じゃあ宮司の方は？」

「そっちの方こそわからないよ。近所の人に聞いてみる？」

このままここで推測していても埒《らち》が明かない。だったら、ここに来る途中で見かけた畑で作業をしていた人たちにダメ元で聞いてみた方がいいだろう。

「面倒だけどそうするか」

少々だるそうにわたしの提案に賛同した佐野は、鞄を肩に担ぎ直すと来た道を戻り始めた。わたしも後を追い、石畳の階段を下って鳥居を抜ける。

そうして、あぜ道で軽トラックに荷物を積むおじいさんに尋ねてみたところ、宮司さんは五年ほど前に他界したと教えてくれた。また、犬の散歩をしているご夫婦から聞いた話では、結ノ剋神社に現在常駐している神職はおらず、時々やってくる娘夫婦や近隣の氏子が神社の世話をしているのだとか。

伝承についても立て札にあること以上の情報は得られなかったが、結ノ剋神社のお守りは今まで販売されたことがないことは判明した。

つまり、わたしたちが持っているお守りは激レアらしい。

ある程度情報を得られたわたしたちは、小道の脇に設けられている小さな休憩所のベンチに腰掛け、食べそびれていた昼食をとることにした。

佐野は、鞄から取り出した焼きそばパンを眺める。

「これも食い飽きたな」

「ね。わたしもお弁当飽きてきた」

リセットにより、今日も変わらぬわたしたちの昼食。お母さんの手作り弁当は美味しいけれど、三十日は三時間目の授業中に戻ってくるので、メニューの変えようがないのだ。

「もしよかったら交換する？」

蓋を開けたばかりのお弁当を差し出すと、佐野も焼きそばパンをわたしの膝に置いた。

「大歓迎。おまけでコロッケパンもつけてやるよ」

「焼きそばパンだけでいいよ。コロッケパンは佐野が食べて」

わたしのお弁当だけではきっと足りないはず。遠慮すると、佐野は「コロッケパンも飽きたんだよな」とぼやいて箸を手にした。

「朝コンビニで買わないで、昼に購買で買うようにすればよかった」

佐野は小さな後悔を吐露し、卵焼きを咀嚼《そしゃく》する。

「ん。おばさんの飯、久し振りに食ったけど相変わらず美味いな」

小学生の頃は、うちで一緒に昼食や夕食を食べることがあった。お母さんの味付けが佐野の好みに合うのか、当時はよくおかわりをしていたのだが、今も味覚は変わっていないらしい。

「帰ったらお母さんに伝えておく」

きっと喜ぶはずだし、なんなら佐野の分までお弁当を用意したがるかも。

想像して思わず頬を緩めたわたしは、焼きそばパンをかじりながらふと思う。

もしここで佐野が、朝、コンビニで昼食を買わなければよかったとやり直しをお守りに願えば、神様は叶えてくれるのだろうか。

きっとそうじゃないだろう。

「伝承のお兄さんは、妹を失ったことを激しく後悔して、神様に祈ったんだよね」

「そう書いてあったな」

「きっと、お兄さんの願いがとても切実だったから叶えてくれたはず」

自分ではどうにもできない、取り返しのつかない状況下で、心の底から願ったからこそ神様が力を貸してくれたのなら。

「わたしたちも、何かを後悔して強くお願いしたからリセットされて戻ってるのかな」

「伝承が本当ならな」

時間が戻るなんて奇跡、神のみぞなせる業《わざ》だろう。だから伝承が事実だと仮定して。

「でもわたし、そんなお願いした記憶はないんだよね」

　そう、神社に訪れた記憶もなければ、お守りに願った記憶もない。けれど、やり直しを願う後悔はある。

　それは考えるまでもなく、三年前の出来事だ。あの日から、わたしは小さな後悔をいくつも重ねてきている。

　けれど、戻っているのは三年前じゃない。繰り返されているのは五月三十日と三十一日の二日間だ。その中で、後悔を強く感じていることといえば。

「俺も願った覚えはないな。後悔に心当たりは？」

「……ある」

「ああ、ホラー映画か」

「それだけじゃなくて、他にもあるの。ちゃんと思ったことを伝えられていたら、違ったのかなって思うことが。それに、絵だってずっと納得いかないままだし」

　そう考えると、やはりリセットの原因はわたしだ。強く願ったかどうかはさておき、佐野は揃いのお守りを持っているせいで、わたしと一緒に時間がリセットされているのかもしれない。

「やっぱりわたしが巻き込んだのかも。ごめんね」

「だから謝るなって。お前がすべきはそれじゃないだろ」

わたしのすべきこと、それは。

「後悔を解消して、時間リセットを解除する？」

正解だと言うように、佐野はひとつうなずいて白米を頬張った。

「やれそうか？」

やらないわけにはいかない。でも、できるだろうか。

莉緒の髪型について意見し、柚子からの映画のお誘いに苦手だと告げ、奈々や先生のアドバイスに頼らず自分らしい絵を描くことが。

三年間ずっと、人に合わせてやり過ごしてきたわたしが。

すぐに返事ができず、考え込んでいると。

「お前の後悔って、今日のタイミングはいつ？」

もうひと口白米を口に放り込んだ佐野に問われる。

「えっと……ひとつはもう過ぎてる」

莉緒の髪型について話すのは、今日の昼休み。けれどもうその時間はとっくに過ぎている。

「なら明日もサボるか」

「え……本気？」

まさかの提案にわたしは目をまたたかせる。

「本気。ひとつ逃してんならもうリセットは確定だろうし、だったらリセット脱出チャレンジ前に、リハビリがてら時間ギリギリまで遊び倒すのもありだろ」

「リハビリって、もしかしてわたしの？」

自分を指差して尋ねると、佐野は「それ以外ないだろ」と言い切った。

「明日一日使って、思ったまま俺に話せるように練習する」

「……明日だけじゃ足りなかったら？」

リセット回数には限りがあるかもしれない。そしてわたしの手持ちの絵の具は十二色なので、今回一色消えたとすれば残りは八色。

つまり、残り八回のうちに抜け出さなければならない。

その中ではたしてわたしは後悔を乗り越えられるのだろうか。

そんな不安に苛まれるわたしを見て、佐野は呆れたようにため息を吐いた。

「やる前から弱気になんな。つーか、お前はごちゃごちゃ考えすぎなんだよ。まずはやれ。弱気になるのはそれからだ」

スパルタモードの佐野は、お弁当を平らげてコロッケパンの袋を開けた。

「で？　行きたいとこは？　あ、できればお前がリハビリしやすそうなとこな」

尋ねられた瞬間、ぽんと思い浮かんだ場所がひとつ。リハビリに適しているかはわからないが、楽しめるのは確実だ。

「それじゃあ――」

わたしが場所を告げると、佐野は「後悔すんなよ」とどこぞの悪役のように、意地悪そうに口角を上げて笑った。

第三章

自分らしい色

「無理……！」

「無理じゃない。歩け」

容赦のない佐野の声が聞こえ、暗がりの中、わたしはぶんぶんと大きく首を振る。

後悔するなよとは言われた。このアトラクションを前にして、最終的に入ると決めたのもわたしだ。けれどやはり、無理なものは無理だ。

ひゅーどろどろと、お馴染みの効果音が聞こえてくる。一枚、二枚と何かを数える弱々しい女性の声に、壁際で縮こまるわたしはガタガタと身体を震わせた。

「な、何を数えてるの⁉　人の皮を剥いでるの⁉」

「想像がえぐいなお前。あれは……魚だ、魚」

「お母さんは、魚は三枚おろしまでしかないって言ってた！」

確実に九枚まで数えていたのを聞き、佐野の嘘を見破る。

「じゃあ答案用紙。つーか、ホラー映画行こうとしてたやつが、お化け屋敷くらいで音《ね》を上げてどうすんだよ」

「映画は観るだけ！」

「お化け屋敷も見るだけだろ」

「見るだけじゃない！」

自分で歩かなければいけない時点で違う。というか、椅子に座っているだけでＯＫ

のゴーストハウスと同じだと佐野が言ったから入ったのに。

「騙すなんてひどい……」

「騙してない。同じ〝ゴーストハウス〟だろ」

詐欺師みたいに言う佐野の声が、どことなく面白がっているように聞こえて腹立たしい。

「佐野の鬼！　悪魔！」

「うるせー。ったく、後から来る客の迷惑になるからさっさと行くぞ」

「うぅっ……佐野ぉ……」

ここから一歩も動けそうになく壁と見つめ合っていると、背後で佐野がため息を吐いた。

「あー、わかったよ。俺が引っ張ってってやるから目ぇ瞑《つむ》ってろ」

佐野は面倒そうに言うや、わたしの左手を大きくて少し骨ばった手で包んだ。

優しい体温が力強くわたしを導く。

ドキドキと鼓動が高鳴るのは、恐怖のせいか、佐野の温もりのせいか。

「う～ら～め～し～や～」

「ひぃっ！」

どっちでもいい。一刻も早くここから出たい。

「は、離さないでよ？」

「それってフリ？」

「違う！　絶対離さないで！」

はぐれるものかと、繋ぐ手にぎゅっと力を込める。佐野は「はいはい」と面倒そうに言いつつも、しっかりと握り返してくれた。

その頼もしい手に甘えて目を閉じているうちに、おどろおどろしい効果音は遠ざかり、気づけば聞こえなくなって。

「出口だ」

佐野がそう告げた直後、まぶた越しに光を感じた。

恐る恐る双眸を開くと、明るい園内の景色が広がっていて、安堵からへなへなとくずおれる。

「し、死ぬかと思った……！」

「これで死ぬとか軟弱すぎだろ」

「心臓の弱い人は死んじゃうかもしれないでしょ。ていうか、せっかく遊園地に来たのに、初っ端からお化け屋敷に連れてくるのひどくない？」

しゃがみ込んだ体勢のまま唇を尖らせ、佐野の手を放すと恨みがましく睨み上げてやる。

「でもお前、さっき思ったまま俺にあれこれ言えてたじゃん」

「え、いつ？」

「半泣きで文句垂れてただろ。鬼とか悪魔とか」

からかうように言われ、そういえば何も考えずに口にしていたのを思い出した。しかしあれは例外だろう。

「極限状態に陥れば誰でもああなるでしょ」

「じゃあ、うまく言えないことがある時は、ここに来ればいいんじゃないか？」

「わたし、毎回命がけ……」

ああ、でもそうか。伝承にあった兄も、妹の命がかかっていて必死だった。

切羽詰まっていたら、人は奇跡を起こせるのかもしれない。

神様に声を届けられて、時を戻れたように。

ならばいったい、わたしはいつ、切羽詰まって神様に祈ったのだろう。

考え込んでいると、佐野はデニムジャケットを羽織る肩を小さく揺らして笑った。

「真剣に悩むなよ。真面目か」

突っ込んだ佐野は、ショルダーバッグから引っ張り出した園内マップを広げる。

「次はジェットコースター系にするか」

目的地を確認すると、「行くぞ」と颯爽《さっそう》と歩き出した。

慌てて立ち上がり追いかけようとするも、お化け屋敷の負担がまだ足腰に残っていてふらついてしまう。

まともに歩けないわたしを振り返った佐野は、見かねて苦笑した。

「お化け屋敷で体力使いすぎだろ。ほら、掴まってろ」

再び差し伸べられた、頼りがいのある彼の手。

そういえば昔、転んだわたしにこうして手を差し伸べてくれたっけ。

あの頃は「ありがとう」と気にせず手を取ったのに、今は気恥ずかしい。

照れているのを悟られたくなくて。わたしはなんともないような顔で、ドキドキしながら彼の手に自分の手を重ねた。


苦手なお化け屋敷で絶叫するわたしだが、ジェットコースターで絶叫するのは嫌いじゃない。

いいや、はっきり言って好きだ。スピードに身を任せて声を上げるのは、ストレスを発散できて気持ちがいい。

だがしかし。

「マジで……ちょっと休憩しようぜ……」

「えーっ、人が少ないうちに乗りまくらないともったいないよ」

「五回連続で乗ったんだからもう十分だろ……」

どうやら佐野にはきつかったらしい。

先ほどとは反対に、今度は佐野がヘロヘロになっている。うなだれてベンチでひと休みする様は、さながら燃え尽きたボクサーのようだ。

「運動部なのに情けないなぁ」

「偽物のお化け相手に騒ぐやつに言われたくない」

反撃されるも嫌な気持ちにはならない。それどころか、軽口を叩き合えることが嬉しかった。

以前のわたしたちに戻ったみたいで。

「ちょっと待ってて」

ぐったりしている佐野にひと声かけたわたしは、近くの自動販売機でミネラルウォーターを買い、佐野に手渡した。

「はい、昨日のお返し」

「昨日？」

首を捻る佐野の隣に腰掛け、自分用に買った紅茶をひと口飲む。

「梅ジュースの」

「ああ、あれか。別に返さなくてもいいけどもらっとく」

佐野は「サンキュ」と言ってキャップを捻り、ミネラルウォーターを喉に流し込んだ。

「はぁ……ちょっと生き返った」

「お化け屋敷で体力削られた気持ち、わかってくれた?」

「別にジェットコースターが苦手なわけじゃない。連続で酔っただけだ」

「はいはい」

佐野を真似て軽くあしらってみる。すると、不服そうに彼が顔をしかめたのを見て、少しだけ怯んでしまう。けれど咄嗟に、佐野が言ってくれた言葉を思い出した。

『俺にはいいも悪いもはっきり言ってくれてかまわない。お前らしく、感じたまま話せばいいよ』

佐野は昨日そう言ってくれた。だから気にしすぎないようにしなければ。

もちろん、なんでもかんでも口にしていいわけではない。相手が不快に思わない言葉選びは必要だ。

ただ、こうやって考えすぎてしまうと、また意見を呑み込んで、人に合わせがちになってしまいそうだ。

佐野が言っていたように、わたしはごちゃごちゃ考えすぎなのだろう。けれど、あの日から相手や周りの反応を意識しすぎて、そうする癖がついてしまったのだ。

前はできていたはずのことが、こんなにも難しい。

「また考え込んでるな」

前方をくねくねと通り過ぎるジェットコースターを眺めつつ考えに耽っていたわたしは、佐野に突っ込まれ我に返る。

「ご、ごめん」

「俺には気を遣わなくていいって言ったろ」

「わかってるんだけど、つい……」

力なく苦笑いすると、佐野はすっくと立ち上がった。

「よし、行くぞ」

「もう平気なの？」

「平気。つか、休んでるとお前はすぐ余計なこと考えるから動く」

うだうだと考えている暇があるなら行動する。

面倒くさがりのようでいて、こうと決めたら突き進む。昔から変わらない佐野を眩しく思いながら、わたしも立ち上がった。

彼のようになりたいと、羨望して。

リハビリのためとはいえ、学校をサボって遊園地に行くなんて許されないのでは。

遊園地の入場門をくぐった時に確かにあったその罪悪感は、気づけば吹き飛んで跡形もなく消えていた。

お化け屋敷から始まり、ジェットコースターにコーヒーカップ、空中ブランコにゴーカート。アトラクションを制覇する勢いで園内を回るわたしたちは、休憩にソフトクリームを食べたあと、ゲームセンターを訪れていた。

佐野が見つけてやりたいと言ったのだ。高難易度コースで高得点を取ると景品がもらえるバスケのシュートゲームを。

「外したら罰ゲームにする？」

「なんでだよ」

「その方が面白いかなって」

リングがゆっくりと動く仕様とはいえ、佐野が高得点を取れるのはわかっている。なんせ渚高男バスのエースなのだから。

「わかった。何にする？　なんか奢るか？」

「メリーゴーランドに乗って」

「……他のにしろ」

「ダメ。一球でも外したらメリーゴーランドに乗るで決まり」

実は佐野は、ここに来る前にメリーゴーランドだけは恥ずかしいから乗りたくないと言っていたのだ。なので、あえて罰ゲームに指定すると、彼はひどく動揺した。

「大丈夫、佐野ならできるよ」

わたしが憧れたくらい、昔からバスケがうまいのだから。

「そんな風に言われたら、お前にリハビリさせてる俺が拒否《きょひ》れるわけねぇだろ」

ため息を吐いた佐野は、バスケットボールを手にして構え、集中する。

今のはつまり、わたしならできると信じてリハビリにつき合ってくれているということか。そう思ったら、くすぐったいような心地になり、緩む口元を引き結んだ。

佐野の手から放たれたボールが、見事リングに入る。わたしが拍手する中、佐野は再び集中してシュートを続けた。何度打ってもボールは綺麗な放物線を描き、面白いほどゴールに吸い込まれていく。

シュート成功率が高いのは、佐野が努力した結果だ。努力をしたから、佐野はうまくなった。強くなった。

わたしも努力しなければ。人の意見に流されず、自分らしくいられるように。

最後の一投に、思わず願掛けをしてしまう。

これが入れば、わたしもできる、と。

息を吐いた佐野が、美しいフォームでシュートを打つ。バックスピンのかかったボールはボードの枠に当たって跳ね、リングを揺らしながらネットをくぐった。

「っし！」

「やった！　すごい！」

わたしたちは両手でハイタッチする。

「で、全部入ったけど、お前の罰ゲームは何にする？」

「えっ!?　そんな話してない……！」

うろたえると佐野は堪えるようにくつくつと笑う。

「……だけど、佐野が頑張ったからわたしも頑張る」

本当は、リハビリをもう少し続けて自信が持てたら……が理想だ。けれど、佐野を巻き込んだあげく、甘えてばかりじゃいけない気がして。

「次のリセットで、向き合ってみる」

決意を口にすると、佐野は微笑してうなずいた。

「じゃあ、景気づけに景品はやるよ」

「本当？　ありがと！」

実は景品の中に欲しいものがあったわたしは、ここは甘えさせてもらい、足取り軽くカウンターへ向かった。


まだ青みを広げる西の空に陽が傾き始め、閉園時間が迫る頃。乗っていないことに気づいて最後に搭乗したアトラクションは観覧車だ。

柔らかな西陽を浴びる佐野は、わたしの隣に鎮座する大きめの卵を見ながら半笑いする。

「つーか、今さらそれかよ」

これは、わたしたちが小学生の頃に流行ったおもちゃで、卵から喋るぬいぐるみが生まれるものだ。

「今さらだけど、ずっと欲しかったの。仲良しの友達はみんな持ってたけど、わたしは買ってもらえなくて。でも、佐野のおかげで未練解消」

ようやく手に入れられた卵の入った箱をポンと軽く叩く。

「あと十分もしないうちになくなるけどな」

「リセット地獄から抜けたらまたゲットするよ」

「でも、お前じゃ取れないだろ」

「うっ……それは……」

バスケセンスが欠片もないわたしは、返す言葉もない。

「仕方ないな。リセット解除されたら、ご褒美《ほうび》にまた一緒に来てやるよ」

「助かります……！」

これはますます頑張らねば。

決意を新たに窓の外に視線をやる。

観覧車から望む遊園地はうっすらと橙色に染まり、隣り合う海浜公園の向こうの海まで見渡せた。まだ少し高い夕陽を映す海面には、光の道が描かれている。

「彩度が落ちてきてても、夕陽の色は綺麗に見えるね」

視界に鮮やかさはもうないが、それでも色は残っていて優しい色合いの世界が眼前に広がっている。わたしはスマホを取り出して、自然が見せるフォトジェニックな景色を写真に収めた。

いつもなら部活を終えて駅に向かう時間に、こうして観覧車から写真を撮っている。リセット現象がなければ出会えなかった景色を見つめ、時間は元に戻っても記憶は残せることに感謝した。繰り返す日々の中で得たものを、無駄にせずに済むのだから。

そうだ、無駄にしたらいけない。

佐野からもらった言葉も、未来へ進むために重ねた時間も。

何より佐野はインターハイに向けて頑張っているのだ。彼のためにも立ち止まっているわけにはいかない。

愛想笑いをして、人の言葉に流され続けた自分に別れを告げ、六月を迎えなくては。

スマホの時刻を確認する。

十七時三十八分。

リセットまであと七分となり、無意識に顔が強張ってしまう。

緊張を逃すように短く息をはくと、いつから見られていたのか、佐野と視線がぶつかった。

肩に力が入りすぎだと笑われるだろうか。もしくは叱咤《しった》される？

じっとわたしを観察している佐野の口が開く。

「和奏なら乗り越えられるよ。俺を変えたお前なら、変われる」

思わず目を見張ってしまったのは、久し振りに名前を呼ばれたからだ。

「なんだよ、変な顔して」

「ずっと、お前って言われてたから、びっくりして」

不意打ちのように呼ばれたせいで、心臓がドキドキと忙《せわ》しない。

「……お前が俺を苗字で呼ぶようになったから、呼びにくくなったんだよ」

ふいっとそっぽを向いた佐野の顔が赤らんで見えるのは気のせいだろうか。

「そ、そうだよね、ごめん。……それでその、わたしが佐野を変えたってどういうこと？」

「お前は無自覚だろうけど、俺はお前に救われたんだ」

横顔を見せたまま話す佐野の言葉に、思い当たる記憶はない。

「わたし、何かしたっけ？」

首を傾げると、佐野の顔がようやく正面に戻ってくる。

「俺も、お前と似た感じだったんだ。すぐキレる父親のせいで、母さんも兄貴も俺も、言いたいことが言えなかった」

初めて吐露された佐野の過去と、痛み。

佐野の両親は、わたしたちが中学校に上がる前に離婚した。遊びに行っても佐野のお父さんと会わなくなり、何気なく佐野に聞いたら、離婚して父親だけ出ていったのだと教えてもらったのを思い出す。

「学校でも、誰かが怒ったりすることに敏感になってて、自分から話しかけたりもしなかった」

言われてみれば、低学年の頃の佐野は、クールというよりおとなしかった印象だ。当時はまだ仲良くなかったと思うが、佐野は登校班でも、相槌《あいづち》をうって友達について回っていた気がする。

「でも、四年に上がって少し経った頃、クラスのボスみたいなやつに、俺と仲いいやつがテストの点が悪いのをからかわれて泣いてさ。そいつの姿が、何も言えずに泣くだけの俺に見えた。そしたら、からかってるやつが父さんに見えてきて……腹が立って、気づいたら声に出てた」

「なんて言ったの？」

「〝人の努力の結果を笑うの、ダサくね？〟」

それを聞いた直後、教室の空気が一瞬で変わった時のことを思い出した。雨の日の中休みに、身体の大きな男子と向かい合う佐野の姿を。

「思い出したかも……！　クラスメイトたちも一緒になって佐野を応援したやつでしょ？」

佐野は「それ」とひとつうなずいた。

「でも、応援のきっかけは俺じゃなくてお前」

「そうだっけ？」

「〝そういう風に言えるの、かっこいい〟って、お前が言って空気が変わった」

「お、覚えてない」

光景は何となく覚えているけど、自分が発言した記憶がない。けれど、言ったのは確かなようで、佐野は「だから、お前は無自覚だって言っただろ」と小さく笑った。

「俺はよく覚えてる。多分、お前のそのひと言がなかったら、クラスのやつらは俺に味方しなかっただろうし、今の俺もなかった。お前のおかげで自信がついて、我慢してめそめそするくらいなら、言いたいこと言うって考えられるようになったんだ」

「お父さんにも？」

「ああ。っていっても最初は恐る恐るだったけどな。でも、兄貴も一緒に反抗するようになって、それからしばらくして母さんが離婚を決めた」

離婚について、佐野から詳しく聞いたことはなかった。

なんとなく夫婦の事情かと思っていたけれど、家族で戦っていたと知り驚きを隠せない。

「大変だったんだね」

「まあな。けど、今は快適。お前のおかげで」

「踏み出したのは佐野でしょう？　わたしはおまけ」

「そのおまけが、俺にとってはでかかったんだよ」

わたしが佐野を変えたなんて、実感が湧かない。でも、佐野が今も彼らしくいられるのがわたしの影響だというなら素直に嬉しい。

「まあ、お前に言われたみたいに、相手の気持ちを考えろとか、冷たいとか、人の心の機微をどうのって文句言われることもあるけどな」

わたしは文句を口にした人たちに共感し、あははと笑った。

「でも、大人しくしてたらしてたで、文句言ったりよく思わないやつもいた。結局、どんな自分だろうと、うまくいかない相手はいる」

どんな自分でも、うまくいかない相手はいる、か。

過去、わたしを拒絶した恵美とはうまくいっていた。けれど、わたしのひと言がきっかけで彼女の心を傷つけ、うまくいかなくなってしまった。

関わりたくないと目を背けられるほどに。

思い出すだけでまた、後悔が波のように押し寄せる。けれど。

「だから俺は、自分の気持ちを大事にすることを選んで動いてる。お前も、小難しく考えないで、思ったこと話してみれば」

後悔の海に沈みそうになるわたしを、佐野の真っ直ぐな言葉が引き上げてくれた。

最初は、どうして佐野とって思ったけれど、今ならわかる。

佐野がいてくれなかったら、一緒にリセットされていなかったら、わたしはきっと、変わる勇気を持てずに時間を繰り返し続けただろう。

「うん、頑張る」

「ん。あー……あと、もし失敗しても、また俺を避けるのはなし」

釘を刺されて、わたしは苦笑いを浮かべた。

「前はお前から何か言ってくるまではって引いてたけど、こんな状況になるまで言わないし、さすがにまた距離置かれるとか面倒だから今回は絶対避けんな。すぐ頼れ」

それは、佐野は絶対にわたしを見捨てないと断言しているわけで。

たまらなく嬉しくて、けれど気恥ずかしくて。

「ま、またかっこつけてる」

「あのな、俺は真面目に話してる」

茶化すとむっとされてしまい、わたしは眉を下げて微笑した。

「ごめん。そう言ってもらえて嬉しい。……一緒に時間を戻るのが翔梧でよかったなって、思ってる」

勇気を出し、わたしも以前のように佐野を名前で呼んでみる。すると、佐野は目を大きく見張り、その頬をほんのりと赤らめた。

「あっそ」

素っ気なく目を逸らした佐野……翔梧は、耳まで色づいている。

いつの間にか降下を始めていた観覧車の中、わたしの心はリセット直前に感じる悪寒も気にならないほど、温かく凪《な》いでいた。

「……さわ……森沢！　森沢和奏！」

「はい！　教科書二十四ページの五行目から読みます！」

「お、おぉ……頼む」

変わり映えのない五月三十日に戻ってきたわたしは、意気揚々と席を立ち、古文を読み上げる。

いよいよ、勝負の時がやってきた。

伝承と同じであれば、今日と明日に感じていたわたしの後悔を乗り越えれば、リセットは解除されるはず。

「よし、そこまで。じゃあ次は――」

席に着き、さらに彩度が下がった色褪せた視界で隣の翔梧を見る。

『いけるか？』

声にはせず唇を動かして尋ねられ、わたしはしっかりとうなずいてみせた。

頑張れる。頑張る。リセット解消のためだけじゃなく、言いたいことを伝えられる自分になるために。

そして昼休み。莉緒たちと中庭にやってきたわたしは、快晴の空の下、輪になって芝生に座っていた。

いつもと同じおかずが、同じ配置で並ぶお弁当を見て、ここに来る前に翔梧と交換してあげればよかったかなと考えていると。

「ところで和奏」

莉緒がニマニマしながらわたしに声をかけてきた。

「なに？」

「古典の時、佐野とアイコンタクトとってたよね」

「えっ……」

こんな会話、今までになかった。そのうえ、翔梧の話が出てきたので思い切り動揺し、落としかけた箸を慌てて掴む。

隣の柚子が、興味津々といった様子で瞳を輝かせた。

「佐野って男バスエースの佐野翔梧？」

「確か、和奏の幼馴染でしょ？　アイコンタクトくらい普通じゃないの？」

奈々が首を傾げるも、莉緒は相変わらずにやけた顔を崩さない。

「幼馴染だけど、仲はよくないのよね？」

莉緒に問われて、わたしは苦笑する。

「あー……うん、よくないっていうか、わたしが勝手に苦手に感じて距離とってたんだけど、色々あって、また話すようになったの」

「色々〜？　昨日まではそんな素振りなかったのに、いつどんな色々があったのよ」

同じクラスの莉緒には急激な変化に見えるのだろう。

当然だ。時間を繰り返しながら距離を縮めていったなど、普通は思いつかない。

「色々は、色々」

濁すと、柚子までにやけて、マイクに見立てた箸をわたしの口元に差し出す。

「キスはしましたか？」

「しっ、してない！　そういうのじゃないから！」

「必死なところがあやし〜」

からかってくる莉緒に、「本当、これはじっくり聞かないと」と、奈々も眼鏡に手を添えて悪ノリしてくる。

翔梧と、キ……キ、キスなんて。わたしたちはそんな甘い関係じゃない。

早めに誤解を解きたいけど、今は他に集中すべきことがある。

「だから本当に何もないよ？　というか、何かあったらみんなにはちゃんと報告するし」

「絶対教えてよ？」

莉緒が念を押すと、柚子と奈々もわたしに圧をかけるように見つめてくる。

「も、もちろん、絶対」

こくこくとうなずくと、三人は「よし」と納得してくれた。

その直後、思い出したように莉緒がからあげを頬張りながら眉を上げる。

「あ、ねえねえ。あたし明日美容院行くんだけどさ、イメチェンしたいなーって思ってて」

「いいじゃ〜ん！　莉緒は可愛いからなんでも似合いそう」

「ありがと、ゆっこ。でさでさ、こんなのどうかなって」

ついに、髪型の話に入り、わたしの心臓がドッドッと緊張で跳ねる。

「このボブとか可愛いなって思うんだけど、今のままミディアムロング維持で、前髪をイメチェンもありかなって思ってさ」

ファッション雑誌を広げた莉緒に、奈々と柚子がロングは夏か冬か論議を繰り広げる。いつもと同じ流れだ。

「つまり、夏も冬もロングでいけば間違いないってこと？」

ここでも同じように莉緒に意見を求められ、わたしは口を開いた。けれど言葉が出てこない。

柚子と奈々のように、自分の意見を言うだけ。なのに、あの日の恵美の姿が浮かんで、莉緒に重なる。

『何も知らないくせに偉そうに説教しないでくれる？　そういうのマジでうざい』

違う。莉緒は彼女じゃない。

わかっているのに、不安が拭えず「多分？」と曖昧に笑ってしまった。

「じゃあ、長さはあまり変えずにいくかなぁ。で、前髪をイメチェンする」

ダメだ。これじゃまた変わらない。

翔梧に約束したのに。変わると決めたはずなのに。
わたしはスカートのポケットに手を入れ、忍ばせておいたお守りをギュッと握った。
「これくらいのオン眉とかどう思う？」
莉緒が写真を指差す。
その刹那、電車に揺られ、莉緒たちとチャットをしている光景が脳裏をよぎった。
『美容院行ってきたんだけど、ちょっと失敗感ない？』
メッセージと共に送られてきた、カットしたての莉緒の顔写真。
知らない記憶に戸惑い、同時に溢れる『また、言えなかった』という後悔。

『和奏なら乗り越えられるよ。俺を変えたお前なら、変われる』

観覧車の中、わたしと向き合う翔梧の言葉を思い出し、箸を持つ手に力がこもる。
翔梧が信じてくれるわたしを、わたしが信じなくてどうするの……！
「和奏もこの前髪いいと思う？」
ドクドク、ドクドク。胸の内で心臓が速度を速め、呼吸が浅くなる。
圧《お》し掛かる緊張と不安に負けぬよう、息を吸って気持ちを奮い立たせたわたしは、
莉緒の目を真っ直ぐに見つめた。

「わ、わたしは、切るよりも、伸ばす方が莉緒には似合いそうだなって思う！」

い、言えた……！

口から心臓が飛び出てきそうなほどの激しい動悸を感じながら、ガッツポーズの代わりに、震える唇をぐっと引き結ぶ。

そんなわたしとは反対に、莉緒はポカンと口を開けてこちらを見ていた。

伝え方がどこかおかしかっただろうか。それとも、この流れでひとりだけ違う意見を言うのはまずかった？

柚子と奈々も、莉緒と同じように食事の手を止め、わたしを凝視している。

――もしかしてわたし、また失敗した？

賑やかな教室の中、ひとりぼっちで過ごす自分を思い出し、胸が苦しくなった刹那。

「えーっ、嬉しい！」

莉緒が、花開くような笑みを咲かせた。

「和奏がはっきり意見くれたのって初めてじゃない？」

柚子と奈々も明るい表情で、「確かにそうかも」と同意してうなずく。

やっぱり三人は、わたしがあまり意見しないことに気づいていたようだ。

「あの……実はわたし、中学の時に自分の意見を言って失敗したことがあって。それ以来、思ってることを伝えるのが怖くなっちゃって」

三年前の出来事を正直に打ち明けると、莉緒が労《いたわ》るように微笑む。

「あーね、それわかりみ。あたしもたまにある」

「わたしも、トモ君にはっきり言いすぎて怒られたなぁ」

「まあ、揉めるの嫌だし、合わせたりもするよね」

三人が口々に共感してくれて、目頭が熱くなる。

こんな風に理解してくれるなんて、考えもしなかった。自分のことで精いっぱいで、罪の意識に囚われていたわたしの視野は、本当に狭くなっていたのだと痛感する。

「わたし、また拒絶されてひとりになるのが怖くて、自分の意見を口にできなかった。でも、それってみんなに嘘ついてるのと同じだよね。今まで本当にごめんね」

高校一年の時、莉緒と柚子と奈々と同じクラスになり、仲良くなってから今日まで、みんなに対してどれだけの本音を伝えずにきただろう。

呑み込んだ言葉の数は両手足の指では足りないほどで、何度謝っても足りないくらいだ。

頭を下げると、奈々がよしよしと撫でてくれる。

「大丈夫。嘘ついてるなんて思ったことないよ」

「そうそう。ま、正直に言うと、和奏が優柔不断に見える時もあって、たまーにイラつくこともあったけど？」

軽い口調で言った莉緒は、わたしの両頬をむにっと掴んで顔を上向かせる。

「や、やっぱりそう感じさせちゃってたよね。ごめんっ」

「いいよ。気を遣ってるんだろうなって思ってたし。てか、思ったことを伝えるのって、けっこう勇気がいるもんだしね。でも、昔の和奏は友達のために勇気を出して伝えたわけでしょ？　それって悪いことじゃないよ」

「そうだよね～。いくら親のっていっても、盗んだお金で遊ぶなんて普通はよくないって。それをちゃんと伝えられた和奏は、弱いどころか優しくて強いじゃん」

柚子がわたしの背中をなだめるように叩く。涙を浮かべて顔を上げると、莉緒が目尻を下げた。

「うちら相手にそんな気負わなくていいよ。和奏を拒否った友達とあたしたちは違うんだし」

「うんうん、何かあってもお互いさまでいこ～」

「もし喧嘩したとしても、変わらずに仲良くやっていけるよ」

過去の痛みを思い出して、自分を抑え込む必要はない。わたしらしくいてもいいと微笑んでくれるみんな。

ようやく、莉緒たちと本当の友達になれた気がして、わたしは「ありがとう」と笑みを返した。

放課後、美術部に行く前に体育館を訪れたわたしは、扉から覗き込むようにして翔梧の姿を探す。

「あ、いた」

呟くと同時、片膝をつき、バッシュの紐を結び直す翔梧がわたしに気づく。彼はストレッチを行う部員の合間を縫って、わたしの元にやってきた。

「美術部は？」

「今から行く。その前にちゃんと報告したくて」

昼休み後、五時間目と六時間目は移動教室や体育が重なって翔梧と話せなかった。アイコンタクトも、また莉緒にからかわれそうで翔梧の方を見ることができず、今になってしまったのだ。

「失敗したんだろ？」

「ひどい。ちゃんと伝えられたよ」

「へー？　俺を見ようとしないから、てっきりまた避け始めたんだと思ってた」

「うっ……ごめん。ちょっと色々あって、そっちを見られず……」

詳細は恥ずかしくて語れないので濁して苦笑した。

「まあ、できたならよかったな」

「うん。まだひとつだけど、他も頑張――っ……いた……」

報告していたら、突然左目に痛みを感じて、まぶたを手で押さえる。

「どうした？」

「目がチクチクして」

「ゴミ？　見せて」

言われるがまま素直に手をどけて、涙の滲む目を見せたのだが。

「っ……！」

頬に指を添え、目の異物を確認する翔梧の距離がとてつもなく近い。近すぎて、思い出してしまった。

『キスはしましたか？』

昼休みに受けたインタビューを。

その途端、平静ではいられなくなったわたしは、しゅばっと後ずさって翔梧から距離をとる。

「……？　なんだよ」

訝し気に首を捻る翔梧。

「も、もう平気！」

「でも片目瞑ってるけど」

「いいのっ、平気なの！　明日、また頑張るね！　それじゃ！」

わたしは足早に翔梧から離れ、隠れるように体育館の角を曲がるとしゃがみ込んだ。

莉緒たちにからかわれたせいで、完全に挙動不審だ。

息を吐き、火照る顔を両手で覆う。

「そんなんじゃ、ない」

翔梧のことは、苦手だったけど嫌いじゃなかった。それに、時間リセットでまた関わるようになってからは、彼の存在を頼もしいと思ってる。

素っ気ないけど、頼りになる幼馴染。恋愛感情なんて今まで感じたことがなかった。なのに、キスとか、恋とか。今になって、どうしてこんなに意識してしまうの。

三年の間、避けて関わることがなかったのが仇になったのかもしれない。

目にあったゴミは取れたのか、いつの間にか痛みは消えている。

わたしはまた息を吐き、ドキドキしながらそっと館内を覗いた。ウォーミングアップ中なのか、男バス部員は列になってレイアップシュートを行っている。

翔梧は……と探すと、ちょうど次が彼の番だ。

中央に立つ部員からリターンパスを受けた翔梧がドリブルで走っていると、行く手にボールが転がってきた。

どうやら近くに置かれていたものを、部員が誤って蹴ってしまったようだ。しかも、運悪くジャンプする位置に。

だが翔梧は特に動揺もせず、ボールをうまく避け高く跳躍した。

ふわり、羽があるかのように飛んで。片手に持ったボールをリングの上から叩き込んだ。

その光景を目の当たりにした刹那、心が震え、狭まっていた世界が開けたような衝撃が走った。

色褪せている景色が、一気に色を取り戻したと錯覚するほど鮮烈に。


──描きたい。

ダンクシュートを決める翔梧を。


「悪い！」と謝る部員に、翔梧は軽く手を上げて応える。

どうして今ここにスケッチブックがないのか。わたしは目に焼きつけた姿を忘れないうちに、踵を返し美術部へ走った。

部室棟の階段を駆け上がり、部室のドアを開ける。キャンバスと向かい合う奈々が、ひょいと顔を見せた。

佐伯先生も、大きなお腹に手を添えながら振り返る。

「あら、用事は済んだの？」

少し遅れるという伝言を奈々が伝えてくれたようで、「終わりました」と答えたわたしは、続けて先生に頭を下げる。

「すみません、先生。今描いている絵は中断して、新しい絵を描かせてください！」

「い、今から？　提出までそんなに日がないけど……」

展覧会の提出締め切りは六月十日だ。部活の時間だけでは間に合わないかもしれない。けれど。

「頑張ります。必ず締め切りまでに描ききってみせます」

リセットによって使える色は少ないけれど、そんなの関係ないくらい心が翔梧を描きたいと叫んでいる。その気持ちを胸に筆を取れば、自分らしく描ける気がするのだ。

先生がびっくりした顔でわたしを見つめている。

正直、自分でも驚いている。こんなにもためらわずに、自分のしたいことを口にしているなんて。

でもそれもきっと、後悔のひとつである、莉緒の髪型の件を乗り越えられたからだろう。

この調子ですべての後悔を払拭できればもうリセットはされない。今日から新しいスタートを切れる。

その期待と高揚感が、わたしを突き動かしている。

「……わかったわ。新しいキャンバスを用意して」

「ありがとうございます！」

わたしはもう一度、今度は深く頭を下げ、さっそく用意したまっさらなキャンバスを抱えた。

イーゼルにキャンバスを立てかけると、奈々がわたしの描きかけの風景画を持って詰め寄る。

「新しく描くって本気？　今日まで試行錯誤してここまで頑張ってたのに」

眉を顰められ、わたしは描きかけの海岸の景色を眺めた。

前回はサボってしまったので確認できなかったけれど、絵からはサップグリーンとターコイズブルーの二色がさらに欠けてしまっている。

残る色はブラック、ホワイト、コバルトブルーのみ。

この絵に使っていた絵の具の半分以上が見えなくなり、素っ気ない中途半端なものになっていた。

「頑張ったんだけど、言葉を伝えられなかったのと同じで、自分らしさを出せてない気がしてて……。自信を持って送り出せない気がするの」

先生や奈々のアドバイスを受けつつ、丁寧に丁寧にここまで描いてきた。でも、自分らしさに迷ったわたしの心が滲むこの絵に色を重ね続けて完成させても、きっと納得はいかない。そんな中途半端な絵を展覧会に出すなら、きついとしても、また一から描きたい。

今も脳裏に焼きついている、翔梧のダンクシュート姿を。

わたしが魅せられた、華麗さと躍動感が伝わるように。

「……そっか」

「奈々にもたくさんアドバイスもらったのにごめんね」

「そんなの気にしないで。わたしがおせっかい焼きすぎて和奏を迷わせたのかもって、ちょっと反省してる。ごめんね」

「ううん、すごく勉強になったし感謝してるよ」

奈々の色使いは直感的なセンスによるもので、わたしレベルでは簡単に真似できるものではない。でも、アドバイスをもらっているうちに、僅かながら掴めたような気はしている。

絵に合わせて相性のいい色を加えたり、あえて際立つ色を大胆に差し込んだり。そうやって濃淡のバランスをうまくとると、奈々が描くような目を引く絵になるのだ。

とはいえ、その色選びや乗せ方が難しいのだが。

けれど奈々から言われた通りにやればわたしの絵ではなくなるので、技法を学びながらわたしなりに努力し、わたしらしい絵を描きたい。

「奈々からもらったアドバイス、無駄にしないように頑張る」

伝えると、奈々が微笑してうなずく。

「うん。和奏らしい最高の絵が描けるよう、私も応援するよ」

「ありがとう！」

笑みを返したわたしは、さっそくデッサン用の柔らかい鉛筆を手に取った。

まっさらなキャンバスと向き合い、深呼吸をひとつして鉛筆を滑らせ、脳裏に残る翔梧の姿を形にしていく。簡単な下描きだが、興味深げに覗き込んできた奈々は、キャンバスに描かれた人物にピンときた様子で。

「ふーん？　やっぱりそういうこと？」

片眉を上げてにやにやする奈々に、わたしは「だから違うってば」と、説得力なく頬を上気させて否定した。


翌日、休み時間を知らせるチャイムが鳴り、最後となる後悔解消タイムがやってきた。

「和奏ぁ～！　聞いてよ～」

不服そうに唇を尖らせた柚子が、わたしの机に倒れ込む。

「日曜日の映画デート、トモ君にキャンセルされたの」

そうしていつものようにダメになった原因を語った柚子は、甘えるように両手のひらを合わせた。

「てことで和奏ちゃ〜ん、一緒に映画行ってくれない？」

「それって、次の日曜日で終わっちゃうホラー映画？」

「そう！　よく知ってるね〜。あ、もしかして和奏も観ようとしてた？　トモ君と同じくホラー好き？　だったら一緒に行こうよ〜。チケット代はいらないからさ」

今までのわたしは、ここでホラーが苦手なのを隠して誘いに乗っていた。柚子の助けになれるならと我慢していたその本音は、嫌われたくないからだ。

断ることで、嫌われてしまったあの時のように。

柚子がそんな人ではないとわかっていても怖かった。がっかりさせた気持ちの中に、わたしに対する負の感情が少しでも芽生えてしまうのではないかと。

でも、昨日柚子は言ってくれた。

『なにかあってもお互いさまでいこ〜』

ずっと怖かった〝断る〟という行為。わたしは柚子を信じ、勇気を持って口を開く。

「その、ごめんね。映画について知ってるのはたまたまで、実はわたし、ホラー苦手で……」

遠慮しなくていいと言われても、三年前から避けてきたことを実行するのはやはり緊張するもので。少々たどたどしくなってしまったが、どうにか伝えられた。

一番心配な柚子の反応を、恐々《こわごわ》とうかがうと。

「うわ～っ！　和奏もわたしの同士か～！」

がくりと落ち込んで再び机に力なく伏した。

「ほ、本当にごめんね。でも、行ける人がいなかったらわたしがつき合うから！」

嫌われたくなくて断っていたけれど、柚子を助けたいという気持ちは変わらない。万が一の時は精一杯頑張るつもりで伝えると、柚子は感動してわたしに抱き着いた。

「和奏ってば本当優しい……！　だけど無理はしないでいいよ～。家族にも聞いてみるし」

「わかった。それでもダメそうなら遠慮せず言ってね」

「も～、和奏ってば。そもそも全部トモ君が悪いんだから、そんな気を遣わなくていいよ～」

昨日、過去のトラウマについて皆に打ち明けたから、心を砕いてくれているのだろう。柚子はわたしを解放すると、目を柔らかく細めて微笑んだ。

「でも、苦手だってはっきり教えてくれてありがと～。これからも遠慮せずに言ってくれていいからね」

「ありがとう、柚子」

告げずとも努力に勘づいてくれた柚子に、わたしの方こそ感謝だ。

「あ、そうだ莉緒、それ、今月号の特集って――」

きりよく話し終えた柚子は、思い出したように莉緒の席に向かう。そんな彼女を見送ってから隣の翔梧を見た。

彼は様子をうかがっていたようで、わたしが何か言う前に目尻を下げる。

「言えたな」

労られて、わたしは笑みを浮かべた。

「翔梧がリハビリにつき合ってくれたおかげ」

「特にお化け屋敷が効いたんじゃねー？」

言われてみれば、最初があれだったから、その後、言いたいことを口にしやすかったのかもしれない。

「確かに効果あったかも。かなり荒療治だったけど」

笑うと翔梧も頬を緩める。

そうして微笑みを交わし合っていると、ふと視線を感じて振り返れば、莉緒と柚子がニマニマとわたしたちを見ていて。

タイミングよく鳴ってくれたチャイムをきっかけに、わたしはふたりの視線から逃げるように黒板を見つめたのだった。


放課後、翔梧と部室棟の前で待ち合わせ、駅までの帰路をたどる。

「ようやくリセットともお別れだな」

陽の傾きで心持ち長くなった影を背に歩きながら、翔梧が感慨深げに言った。

「つき合わせてごめんね」

「謝る必要ないだろ。ぶっちゃけ、俺にもひとつ後悔があったし、それもカウントされてるならお互い様だ」

「そうなの？　それは解決したの？」

「した」

翔梧はわたしの知らぬ間に、後悔を乗り越えていたらしい。

いったいどんな後悔を持っていたのか。尋ねてみたい気もするけれど、今日まで話さなかったということは、聞かれたくない内容なのかもしれない。

そう思ったわたしは言及せず、数十分後にやってくるリセットしない未来について話した。

今夜の夕飯はなんだろう、とか。次の土日は何をしよう、とか。

インターハイ予選や、美術展覧会の話もしながら、常緑樹が連なる長い坂を下っていた時だ。

駅近くのゲームセンターに差し掛かり、翔梧がピタリと立ち止まる。

「どうしたの？」

振り返って翔梧の視線をたどると、その先に、ゲーセンのバスケゲームに興じる堀江君がいた。

彼の陽キャな友人たちが、松葉杖を代わりに持って応援している。会話までは聞こえてこないが、拍手されている堀江君は嬉しそうだ。

そして、そんな彼を眺める翔梧の瞳は僅かに揺れている。

そういえば、最初にリセットした時、翔梧は堀江君と揉めていた。体育館の前で、堀江君は翔梧に『もう放っておいてくれ』と悪態をついで去っていったはず。

けれど、次のリセットでは何もなく、堀江君は今一緒にいる陽キャな友人たちに囲まれて帰るのを目にした。その後も、翔梧が堀江君と話しているのを見ていない。

翔梧の視線が堀江君からわたしに移る。

「悪い、行くぞ」

歩き出した翔梧に、わたしはうなずいて再び彼の隣を歩いた。

「……話しかけなくていいの？」

「いい。今のあいつに、俺は必要ないから」

淡々とした口調だけど、どことなく寂しそうだ。

わたしはそんな翔梧に気づかない振りをして。

「えっと、どこまで話したっけ？」

笑みを浮かべ、他愛ない会話を続けながら駅を目指した。


五月三十一日、十七時四十三分。

『二番線、電車がまいります。黄色い線の内側までお下がりください』

ホームにアナウンスが流れ、わたしはスマホをきゅっと握り締め、顔を上げた。看板のインフルエンサーと目が合い、文字を読む。

『アナタらしさで突き進もう！』

今まではあの文字を見るたびに心に引っかかりを覚えていた。けれど、勇気を出して後悔を乗り越えた今は気にならなくなっている。

正しい時間の流れに戻って、失っていた自分をこれから少しずつ取り戻していこう。

胸いっぱいに決意すると、ホームに滑り込んできた電車がゆっくりと停車した。

ああ、いよいよだ。

噴射音のあとにドアが開いた、その直後。

――ぞわり。

背筋に悪寒が走り、わたしは大きく目を見張った。

「しょ、翔梧、今、ぞわぞわって」

「俺も感じた」

翔梧を見上げると、彼は端整な横顔をしかめている。

「も、もしかしたら悪寒はリセットと関係ないのかな」

そうであってほしいという期待をこめて言葉を紡ぐ。

そうして車両から続々と降りてくる乗客を眺めていると、翔梧の大きな手がわたしの手首を掴んだ。

「答え合わせするぞ」

緊張の面持ちでそう言った翔梧にうなずいて返し、わたしたちは電車に乗り込んだ。

けれど――。

「……さわ……森沢！　森沢和奏！」

悪寒が示した通り、わたしたちは再び時を戻った。

第四章　全力リライト

黒瀬先生の声を聞いて、がっかりするのはもう何度目だろう。

いいや、前回は違ったか。後悔を解消し、リセット地獄から必ず抜け出すというやる気に満ちていたので、先生の声は体育祭競技のスタートを告げるようなものだった。

そう、それで二日間頑張り、翔梧の絵も描き始めたというのに。

「どうしてまた戻っちゃうの……」

机に突っ伏し、力なく首を動かして隣の席を見る。

翔梧は額に手を当て、教室中に聞こえるほどの深いため息を吐いた。

「お、おい、森沢も佐野もどうした？　具合が悪いなら保健室に行ってこい」

今回は先生の方から申し出てくれて、わたしたちはありがたく従い教室を出る。

本当に具合が悪いのかと思うくらい言葉なく廊下を歩き、養護教諭不在の保健室の扉を開けた。

翔梧は、窓際のソファーに腰を下ろし、だるそうに背もたれに寄りかかる。わたしは丸椅子を移動させ、彼の斜め向かいに座った。

「なんか……ごめんね」

「なんで謝るんだよ。つーか、お前はすぐ謝りすぎ」

指摘され、またごめんと謝りかけて止まる。

こうしてすぐ謝罪を口にしてしまうのも、あの日以来ついてしまった癖だ。

　だが、今回は謝るべきだと思っている。リセットから脱することができなかったのだから。

「それに、悪いことばっかでもない」

「え？」

「彩度ってやつ？　景色の色が少し戻ってる」

「あ……本当だ！」

　ショックで気づかなかったけど、確かに前回より回復している。

「ってことは、後悔解消は間違ってないってことだろ」

　言われてみれば、今までとの違いはその部分だ。

　方法が間違えていないのだとわかり、気持ちが少し軽くなる。

「だけど、またリセットしたってことは、わたしが気づいてない後悔があるかもしれないってこと？」

　自覚していない後悔を、見過ごしている可能性。

　三年間、日々小さな後悔を積み重ねてきたせいで、感覚が鈍くなっているのかも。

　だとしたら、翔梧に鈍いって言われるのも仕方ない。けれど、その短所が原因で翔梧に迷惑をかけているのが居たたまれない。

　いいや、迷惑なんて軽いものではない。時間リセットなんて大迷惑すぎて、土下座したいくらいだ。

「気づいてない、後悔……か」

申し訳なさでいっぱいになっていると、翔梧がぽつりと呟いた。ぼんやりとしたその双眸は、校庭側の出入り口となるガラス戸の向こうを眺めている。

つられてそちらを見ると、男子生徒らが体育の授業でサッカーをしているようだ。

紺色のジャージの襟には緑色のライン。どうやらわたしたちの学年のようで、声を出し合い土を蹴って走り回っている。

コントロールがうまくいかなかったのか、ボールがぽんとコートの外に飛んだ。それを、階段で見学中の男子がキャッチする。

「下手くそー」と野次と共に投げ返したその人は、堀江君だ。

彼を見た翔梧は、一瞬息を呑み瞳を揺らす。

「俺、か？」

「え？」

「見逃してる後悔」

「でも、翔梧の後悔も解消できたんじゃないの？」

「ずっと心にあったやつはな。けど、もし原因が俺だとしたら、もうひとつ、思い当たるものはある」

告げた翔梧の瞳が寂しそうに翳《かげ》って、わたしはハッとなった。

「それって……堀江君のこと？」

遠慮がちに問うと、翔梧は小さくうなずく。

「あの、実はね、最初にリセットした時、見ちゃったの」

何を、と言うように翔梧が首を傾げた。

「体育館の前で、翔梧が堀江君と揉めてるとこ」

「ああ……あれか」

「堀江君、翔梧には俺の気持ちはわからない、みたいに言ってたよね」

揉めていた時の光景を思い出して尋ねる。

「……弘樹は、膝を怪我してからずっと部に出てないんだ」

「そうなんだ……。柚子から少し聞いてるけど、完治までにかなりかかるんだよね？」

「ああ。だからあいつは今、挫折しかけてる」

やはり、ふたりはバスケ絡みで揉めていたようだ。

きっと堀江君は、バスケが大好きなのだろう。だから、膝の靱帯を怪我し、不安に苛まれ、心まで傷ついてしまった。

「靱帯を怪我したら、復帰は難しいの？」

「リハビリをしっかりやれば、復帰できないわけじゃない。プロのバスケ選手にも、復帰して活躍してる人はけっこういる。弘樹は靱帯再建の手術もしたから、再発率も低いはずだ。けど、あいつはもう前みたいにプレイできないって思い込んでる」

「堀江君と怪我について話をしたの？」

「五月二十九日にした」

つまり、体育館の前で話していたのは二度目だったようだ。

「先生や部員は、弘樹が自分で立ち直るのを待つべきだって言って、特に声をかけてないけど、今年渚高に入学したあいつの妹に会って聞いたんだ。弘樹がリハビリを受けてないって」

それを聞いた翔梧はさすがに黙っていられず、その日のうちに堀江君と話したらしい。

「インハイと国体は無理でも、ウインターカップには間に合うかもしれない。だから、諦めずにリハビリ受けろって」

翔梧の話によると、術後、リハビリをしっかりやれば、早ければ四カ月で復帰できる人もいるという。

四カ月だと、九月に部に復帰。ウインターカップの予選は九月に行われるので参加は厳しいが、予選を突破し十二月の本選に行ければ、選手としてコートに立てるかもしれない。

「堀江君は、なんて？」

「怪我してないから簡単に言えるってキレられた」

「そっか……苦しんでるんだね」

そんな中、なんの問題もなく、エースとして活躍している翔梧に言われるのはつらいはず。先生たちの言う通り、バスケと向き合う準備ができていないなら、リハビリしろと勧めるのは酷だろう。

けれど、もし翔梧が後悔を感じているなら、リセット解除のために向き合うのは必須だ。

「もう一度、堀江君と話してみる？」

「最初のリセットでも話したけど、どうにもならなかったろ。それに、これは俺じゃなくてあいつの問題だ」

堀江君の問題。だとしたら、リセットに関係ないかもしれない。けれど、体育の授業に参加できない堀江君を見つめる翔梧の顔には、後悔が滲んでいる気がする。

「……リセットとは関係なくても、もう一度話してみる、とか」

しかし翔梧は答えず、うなずきもせず。ただ、校庭の階段に座っている堀江くんを見つめているだけ。

わたしは結局、チャイムが鳴るまでの間、翔梧と静かに保健室で過ごした。

リセット回避についてどう対応するのか、決まらないまま。

放課後、美術部で自分の絵を確認したわたしは眉を顰め、固まった。

後悔を乗り越えて視界の彩度は戻ったのに、絵の色はさらに欠けているのだ。

「今度は白……」

海で反射する水光や波しぶきなどが消えて、のっぺりとした海が取り残されている。

「もしかして、カウントダウンは継続されてるの？」

ということはやはり、取りこぼしている後悔があるのだ。

わたしはアクリル絵の具の入った箱を見る。

絵の具は全部で十二色。六色欠けたので、リセットのリミット回数は残り六回……。

「待って、違う……かも」

カウントダウンの対象は手持ちの絵の具の数だと勝手に思い込んでいたけれど、もし、キャンバスに使った色の数だとしたら。

「残り二回……！」

確証はない。けれど、箱に入っている絵の具から色が消えるのではなく、キャンバスに描いた色が消えていることを考えたら、その可能性は大いにある。

「翔梧に知らせないと」

弾かれるように顔を上げると、奈々が怪訝そうに首を傾げた。

「さっきからぶつぶつどうしたの？　それ、早くイーゼルに置いたら？」

「ごめん、ちょっと出てくる！」

キャンバスを乱雑にイーゼルに立てかけ、驚く奈々を尻目に部室を飛び出した。

翔梧がいる体育館を目指し、部室棟から踏み出した直後。

「えっ……!?」

「うぉっ」

タイミング悪く、木々の向こうを歩いていたらしい男子生徒と衝突してしまった。

しかもその相手は、松葉杖をついている堀江君で。

「危ないっ！」

わたしは転びそうになる彼の身体を慌てて受け止め、倒すまいと横から抱き締めるように必死に支えた。

どうにか耐え切ると、顔を上げた堀江君が眉を下げる。

「ごめん、よく見てなくて」

「う、ううん。わたしの方こそ」

地面に転がった松葉杖を拾って渡す。受け取ろうと伸ばされた堀江君の右手の甲に血が滲んでいるのを見つけた。

「その手、もしかして今のでぶつけた？」

「あ、いや……これは違う。さっきちょっと」

濁して苦笑する堀江君。血は滴るほどではないけれど、そのままにしておくのもよくないだろう。

「保健室でばんそうこうもらった方がいいかも。血が制服についちゃうとよくないだろうし」

「あー、母ちゃんに怒られるのは面倒だからそうするかな」

「わたし手伝うね」

おそらく片手でばんそうこうを貼るのは難しいだろう。一枚では足りなそうな範囲で細かく傷があるし。

「いや、さっきも言ったけど、これはぶつかったせいじゃないから」

「だとしても、わたし保健委員だし手当てさせて」

校内での自分の仕事だと伝えると、堀江君は「じゃあ、よろしく」と遠慮がちに微笑んだ。

保健室に入ってすぐ、松葉杖を壁に立てかけた堀江君はソファに腰を下ろした。そこは午前中、翔梧が座っていた場所で、なんともいえない気持ちになる。

堀江君は、ズボンの後ろポケットからおもむろにスマホを取り出して耳に当てた。

「悪い、合流もう少し遅れる。……いや、もう話は終わった。今は保健室。……してねーよ。俺がひとりでヘマしただけ。で、可愛い他クラスの子に手当てしてもらうことになった」

か、可愛いってわたしのこと？

言われ慣れていないので、ドキドキしながら消毒液とばんそうこうを棚から取り出す。

「嘘じゃないって。まあ、とにかくまた向かう時に連絡する。……おう、じゃなー」

通話の相手は前に見た陽キャな友人たちだろうか。堀江君はスマホを再びポケットに収めると、隣に腰掛けたわたしに手を見せてくれる。

擦り剝けているのは、指と関節部分がほとんどだ。消毒液が染み込んだ白い綿をそっと当てると、堀江君がびくりと身動《みじろ》いだ。

「ご、ごめん、痛かった？」

「沁みるけど気にせずやって。あと、これは自業自得だから、森沢さんは謝らなくていいよ」

名前を呼ばれ、わたしは目を見張る。

「わたしの名前知ってくれてたんだ」

「翔梧から、幼馴染だって聞いたことあって」

「そうだったんだ」

「でも、ふたりがまともに話してるとこ見たことないけど」

はっきりと言われてしまい、苦い笑みを浮かべる。

「実は色々あって、三年前からあまり話さなくなってたの。でも、最近困ったことがあって助けてもらって。また前みたいに話せるようになったんだ」

「助け、ね。それ、おせっかいだって思わなかった？」

「おせっかいというか、ズバズバ言われまくって心が大ダメージ食らったかな」

「あいつ、はっきり言いすぎだもんな」

堀江君は呆れたように力なく笑った。

「でも、そのおかげで前を向けたから感謝してる」

翔梧の言葉がなければ、わたしはきっと今でもくすぶったままだったから。

「森沢さんは強いんだな。俺はまだダメだ。あいつの言葉を前向きに捉えられない」

血を吸い込んだ綿を銀のトレーに置くと、堀江君は手の傷を見つめながら再び口を開く。

「つーか、翔梧は相手の気持ち無視しすぎなんだよ。昨日も、リハビリしろってうるせーし、さっきも声かけてきて、部活出ないのかって聞いてくるし」

どうやら、翔梧は堀江君と向き合おうとしたようだ。堀江君の問題で、話してもダメだったと言っていたのに。

口にしないだけで、翔梧も悩んでいるのかもしれない。やはり少なからず後悔して、どうにかしたいと望んでいるのかも。

「……で、頭にきて、つい近くにあった電柱殴ったら怪我したってオチなんだけど」

さっき零していた自業自得とは、イライラして物に当たったせいらしい。

その傷にペタリとばんそうこうを貼る。

「やらなきゃいけないってわかってても、気持ちがついていかないこともあるよね」

「そう！　そうなんだよ！」

共感した堀江君は、痛めてしまった左足を左手で撫でる。

「こんな足でバスケを続けられる保証なんてない。頑張っても無駄になるかもしれない。努力が報われないことを想像したら……リハビリするのも怖くてさ」

とつとつと思いを吐露した堀江君は、はっとして心の痛みを誤魔化すように苦笑した。

「なんて、暗い話してごめんな」

ばんそうこうをすべて貼り終え、わたしは頭を横に振る。

「ううん、わたしもね、似た感じでずっと悩んでたから、堀江君の気持ち少しだけわかるよ。頑張っても失敗したら……って、ずっと怖くて踏み出せなかったから」

「もしかして、それがさっき言ってた〝色々〟ってやつ？」

うなずくと堀江君は「そっか。それを翔梧が助けたのか」と呟き、ばんそうこうだらけになった手をじっと見つめる。

「俺も、いつか踏み出せるかな」

「だ、出せるよ！　ヨワヨワなわたしができたんだし、堀江君なら軽く飛び越えられそう……って、よく知りもしないのに偉そうにごめんね！」

前向きな言葉が聞けたのが嬉しくて、つい知ったような言い方をしてしまった。堀江君がくすくすと肩を揺らす。

「森沢さんてさ、すぐ謝るの癖？」

「あっ……そ、そうなの。気に障ったら」

「ごめん？」

見越して言った堀江君は、悪戯が成功したようにニシシと微笑んだ。

「偉そうだとか思ってないよ」

穏やかな声色で告げられ、ほっと胸を撫でおろす。

「……俺、わかってるんだ。翔梧の言ってることは間違ってないって。ただ、真正面からぶつけられた言葉に、怪我してヨワヨワになってる俺が耐えられないだけ」

素直に弱さを口にした堀江君は、力なく笑った。

「きっと、翔梧は堀江君とバスケがしたいんだと思う」

だから怪我に負けてほしくなくて、傍観せずぶつかったのだろう。

「森沢さん、もしかして翔梧のこと好き？」

ここでもまた翔梧のことを誤解され、わたしは慌てふためく。

「どうして急にそんな話になるの⁉」

「いや、翔梧の話する時、なんか特別感あるっていうか」

「な、ないよ！　ただの幼馴染だから！」

特別感を出している覚えもないし、特別な感情を乗せて話したつもりもない。

けれど、莉緒たちに続いて堀江君にも言われるとなると、自分で気づいてないだけで、特別に想っているのだろうか。意識してしまうのも、みんなに言われたからじゃなく、わたしが翔梧を……。

カッと身体が熱くなる。

「なんとなく顔が赤い気がするけど」

「か、風邪です」

「へぇ？　まあ、そういうことにしておくか」

からかうように笑った堀江君は、足をかばうようにして立ち上がる。

「手当てサンキュ」

「うん。気をつけてね」

「森沢さんも、風邪、お大事に？」

わかっているくせにトドメとばかりにおちゃらかし、堀江君は松葉杖をついて保健室を出ていった。

ふぅっと息を吐き、汚れた綿を片づける。

思いがけずだけれど、堀江君と話せてよかった。彼も少し前のわたしと同じで、踏み出す勇気を持てずにいる。だけど。

『俺も、いつか踏み出せるかな』

あの言葉には、前に進みたいという願いが隠れている。だとすれば、翔梧と堀江君が分かり合える可能性があるのではないか。

わたしはふたりからすれば完全に部外者だけれど、できることがあるなら少しでも力になりたい。翔梧がわたしの背中を押してくれたように。リセットとは関係なく、後悔してほしくないから。

……なんて言ったら、おせっかいだと素っ気なく言われるだろうか。

「あっ、報告に行かないと」

堀江君のことは折を見て話すとして、今はカウントダウンについて情報共有しなければ。

消毒液を棚に戻したわたしは、翔梧のいる体育館へ急いだ。

ボールの弾む音が立て続けに響く館内を覗き、視線を走らせる。

すぐに翔梧を見つけたはいいが、練習の列に並ぶ彼となかなか目が合わず、どう声をかけようか迷っているうちに翔梧の番になった。

どうやら後ろから迫るディフェンスを封じてシュートする練習らしく、翔梧はボールを受け取るとすぐさまドリブルを開始する。

小気味いいドリブル音を奏でながら、背中でディフェンスの進行方向をしっかり止める翔梧の目線、ボールさばき、その一挙一動に目を奪われる。

バスケをしている翔梧はやっぱりかっこいい。恋とか愛とかそんなもの抜きに、純粋にそう思う。

わたしもあんな風に、好きなものを真っ直ぐ追いたいと強く思わされるのだ。

シュートを決めた翔梧が、列に並び直そうとするタイミングで大きく手を振る。

なんとか彼の視界に入れたようで、翔梧は列から抜け、練習着で汗を軽く拭いながらやってきた。

「どうした？」

「ちょっと、リセットについて大事な話があって」

「なに？」

「後悔解消して彩度は少し戻ったけど、カウントダウンは続いてるの」

伝えるや、翔梧は眉間に皺を寄せた。

「色はまだ欠け続けてるのか」

「うん。それとね、今まで〝箱に入ってる絵の具の数〟がカウントダウンの対象だと思ってたんだけど、もしキャンバスに使った絵の具の数だとしたら、残りは二色しかなくて」

「マジか」

あと二回。そう呟いた翔梧は腕を組んで黙り込む。

もし、リミットがきてしまったらわたしたちはどうなるのか。

不安に駆られていると、考え込んでいた翔梧が視線を上げた。

「お前、今日の昼休みはどうした？」

「ちゃんと自分の意見を伝えたよ」

取りこぼしている後悔が何にせよ、やるべきことはやっておこうと莉緒の髪型の後悔は解消した。

前回、勇気を出して乗り越えたおかげか、多少の緊張はありつつもスムーズに話ができた気がする。少しだけ、以前の自分を取り戻せたような感覚もあり、それがすごく嬉しかった。

「ナイス。だったら今回で取りこぼしてる後悔を見つけて、最悪次で必ず全クリすれば問題ないな」

「そうだね！」

できれば、今回でクリアするのが理想的ではあるが、現状、取りこぼしが何かだけでなく、いくつあるかもわからない。

まずは今回で全部の後悔を見つけられるといいんだけど……。

いや、弱気になってはダメだ。回数にかかわらず次はないつもりでいかないと。

決意を新たに思考を巡らせていると、三十日のこの時間恒例となる頭痛がやってきた。今回は心なしか身体がだるい気もするし、帰ったら薬を飲んだ方がよさそうだ。

こめかみに手を添えるわたしを見て、翔梧が首を傾げる。

「頭痛？」

「うん、いつもこの時間に頭が痛くなるんだ」

「リセット前も？」

聞かれて初めて気づく。

「前……はなかったかも」

あまり意識はしていなかったが、覚えている限りではリセットが始まってからだ。

「もしかして、なんか意味があんのか？」

「わからない……。とりあえず今日はもう帰ろうかな。見逃してる後悔がないか、帰りながら探してみる」

「なら俺も帰る」

「翔梧も探すの？」

「俺のは目星ついてるから」

それは堀江君のことだろうか。

「でも、今日は失敗したからいい。今は和奏優先」

「わたし？」

「送ってく。部活棟の玄関で待ち合わせな」

言うや、翔梧はわたしの返事も聞かずに顧問の元に向かった。

体調不良で翔梧に送ってもらうなんて何年振りか。昔はよく一緒に帰ったのを思い出しながら、鞄を取りに部室に戻った。


夕空の下、翔梧と並んで帰路をたどる。

電車を降りて、人波に流されるように駅から住宅街へと向かう最中も頭痛は続き、だるさがわたしの足取りを重くしていた。

「本当に調子悪そうだな。風邪か？」

「どうかな……。体調もリセットされるなら、違う気がするけど……」

「なら、疲れかもな」

「疲労もリセットされるんじゃないの？」

今までの感じから、リセットされないのは記憶だけのはず。

「多分、精神的なものは対象外なんだろ」

言われてみれば、今回はリセット脱出に失敗したうえ、取りこぼしの可能性も発覚した。

寝不足もあるし、一気にキャパオーバーになったのかもしれない。

だるさのせいかぼんやりと歩き、横断歩道に差し掛かった時だ。

車が行き交う車道の向こうに、中学二年のあの日から疎遠になってしまった恵美を見つけた。

ヒュッと息を呑むと同時に、心臓が一瞬止まったような感覚に見舞われる。

本当に、恵美だろうか。もしかしたらよく似た別人かもしれないと疑うも。

「配信明日までって知らなくてさー。でもラッキーなことに、明日はバイトないし、学校終わったらそっこー家に帰って夜更かし覚悟で全話観るよ」

こちらまで聞こえてくるよく通る声は、恵美の声によく似ていた。

制服のジャケットの代わりに、だぼっとしたパーカーを羽織った彼女は、隣を歩く友人らと共に楽しそうに笑っている。

ふらふらと歩くわたしには気づかない。こちらを気にする素振りもない。

そんな恵美の姿を見て、嫌でも思い出す。

わたしの存在など最初からないかのように、わざと見ないようにして廊下ですれ違う恵美を。

頭痛がひどくなり、めまいがする。ふらり、膝から崩れかけたわたしの身体は、地面にへたり込む前に横から伸びてきた腕に支えられた。

「あっ……ぶねー」

顔を上げると、至近距離に翔梧のしかめっ面があった。

「ごめん……」

思考がうまく働かず、その顔をぼんやり見つめているわたしの額に、翔梧の手のひらが当てられる。少しひんやりしていて心地がいい。

「お前、熱あるぞ」

「そ、か」

だから頭痛だけじゃなく、だるくて仕方なかったのか。

納得し、ちらりと反対側の道路に目をやるも、恵美の姿はもうない。

「あと少し歩けるか？」

「うん……」

小さくうなずくと、翔梧はわたしの肩を抱くように支えながら、歩幅を合わせて家路をたどってくれた。


翔梧は面倒見がいいタイプだったろうか。それとも、今のわたしの状態が相当危なっかしく見えるのか。マンションに着き、玄関前まで送ってくれた彼は、ふらふらしていて危ないからと自室までつき添ってくれた。

ピピピ。軽快な電子音が鳴って、脇に挟んでいた体温計を取り出す。

「わ、三十九度だって」

ベッドに腰掛けたわたしは、勉強机の椅子に座る翔梧に体温計の数字を見せた。

「結構高いな。おばさんはいつ帰ってくる？」

「いつもと同じなら十八時二十分」

五月三十日、パートを終えたお母さんが帰宅する時間は何度リセットしても変わらない。

翔梧は部屋の壁掛け時計を見上げる。

「あと十分くらいか。薬はどこにある？」

「えっと……リビングの食器棚の上の、白い箱」

「わかった。取ってくるから横になってろ。水入れるグラスも適当に借りる」

「ありがとう」

世話を焼いてくれる彼に素直に甘え、ごろりとベッドに横になる。もそもそと布団をかぶり、目を閉じて、熱のこもった息を吐いた。

……さっきのは、本当に恵美だったのか。

卒業以来、彼女を見かけていないし、熱のせいで似ている人を見間違えた可能性もある。

もし本人だったとしたら。もし、恵美がわたしに気づいたら。

彼女はわたしに、どんな反応を見せただろうか。

「まだ、怒ってるのかな」

過去、何度か謝ろうとしたけれど、無視されてできなかった。チャットを送ろうにもブロックされているようで既読はつかず、手紙を書いて投函したけれど返事はないまま三年に上がり、クラスも別になり……。

迎えた卒業式の日も、恵美はわたしを視界に入れないようにしながら、さっきのように友達と笑い合いながら門をくぐっていった。

思い出し、当時の痛みと寂しさが蘇って、涙がぽろぽろと頬を伝う。

「とりあえずこの解熱剤……って、どうした？」

薬とグラスを手にして戻ってきた翔梧が、泣いているわたしを見て焦る。

「もしかして救急車呼んだ方が」

「違うの。さっき、恵美に似た人がいて」

「恵美？」

「中学の、藤原《ふじわら》恵美」

苗字も告げると、翔梧は「ああ」と眉を上げた。

「和奏が一年の時からよく一緒にいたやつか。お前がひとりになったのって、藤原が原因？」

わたしは小さくうなずいた。

「どうして、戻るのが三年前じゃないのかな」

本当にやり直したい後悔は、未練は、そこにあるのに。

「別に三年前じゃなくてもどうにかできるからだろ」

「え……？」

「妹が死んだ伝承の兄とは違って、藤原は今も生きてる。なら、別に三年前じゃなくても、藤原とはやり直せる」

翔梧の言葉に涙で潤んだ目を見張る。

もし、さっきのが似ている人ではなく恵美本人だったとしたら。

「もしかして、リセットのスタートが今日なのは、恵美と向き合うチャンスがあるから？」

いや、恵美とだけじゃない。

毎回三十日の夕方に限って頭痛が起きるのは、この日から散りばめた後悔と向き合えるチャンスを逃すなという警鐘《けいしょう》なのかも。

「翔梧……ありがと。本当……翔梧が一緒にいてくれてよかった……」

わたしだけでは気づけなかったことばかりで、延々とリセットされる時を繰り返していただろう。

涙を指で拭うと翔梧は苦笑した。

「感謝はいいから薬飲んで寝ろ」

「ん……」

のそのそと起き上がり、薬とグラスを受け取って喉に流し込む。

熱に浮かされているせいか、気持ちが前向きになったおかげか。わたしはグラスをベッドサイドテーブルに置いて、椅子に座る翔梧を見つめた。

「翔梧……お願いがあるの」

「絵本読んで寝かしつけろとか言うなよ？」

「あはは、言わないよ。そうじゃなくて、堀江君のこと」

名前が出た途端、翔梧の表情が僅かに翳る。

「実はね、今日、帰り際にアクシデントがあって、手に怪我した堀江君に手当をしながら少し話したの」

「……あいつ、やっぱり怪我したのか」

「翔梧と話したらイライラして電柱殴ったって言ってたよ」

熱のせいで力なく笑うと、翔梧はイライラどころかキレてた」と教えてくれる。

どんな会話が交わされていたのか詳細はわからないが、きっと翔梧は彼らしくストレートにぶつかったのだろう。そして、堀江君は翔梧の言葉が正しいとわかっていても、今はまだ素直に受け入れる余裕がないのだ。

臆病になるほど、バスケが好きだから。

「堀江君、すごくもどかしそうだった」

翔梧はまつげを伏せるように視線を落とす。

「……知ってる」

「そう、だよね」

だって、ふたりは親友なんだから。

「余計な心配しなくていいから寝ろ」

諦めず、堀江君と向き合ってあげてほしい。そんなわたしのお願いはお見通しのようだ。

「うん。……ね、翔梧。わたし、明日頑張るね」

こちらも何とは言わなくても通じたようで、翔梧は「ああ」と短く答える。

目を閉じると、翔梧が椅子から立ち上がる気配がした。

励ましてくれてありがとう。理解してくれてありがとう。そう伝えたくとも、あっという間に眠りの世界に誘われてしまい唇が動かない。

そうして眠りに落ちる寸前。

「俺も、できるだけ頑張ってみるよ」

聞こえた翔梧の声は、夢か現《うつつ》か。

わたしの頭を優しく撫でる手も。

「おやすみ」

夢か現か。


ピピピピと、アラームがけたたましく鳴り響く。寝ぼけ眼《まなこ》でスマホを掴み、停止ボタンをタップした。

ぐんと腕を上げて身体を伸ばすとベッドから起き上がる。

熱は昨晩のうちに下がったようで、だるさはなくすっきりとした心地だ。

廊下に出ると、朝食らしき和風だしの香りが鼻をくすぐる。

「あれ？　鮭じゃない？」

実は、度重なるリセットによるメニューのマンネリ化を解消するため、いつもは前日の夜に「明日の朝食はパンがいい」とお願いしていた。けれど、昨晩は熱があって何もお願いできなかったので、当然、温め直した鮭の香りがするとばかり思っていたのだが……。

いったい何が起きているのか。確かめるべくリビングに向かうと、キッチンに立つお母さんがカウンター越しに顔を上げる。

「おはよ」

「おはようワカ。熱は？」

「下がったみたい」

「さすが、若いと回復も早くていいわね。あ、夕飯食べられなかったでしょ？　朝ご飯は消化のいいおかゆにしたから」

「うん、ありがと」

どうやら漂う香りの正体はおかゆのものらしい。熱が出たことにより、わたしが何もせずともお母さんの行動に変化が生まれたのだ。

自然と訪れた変化が嬉しくて、椅子に腰かけながら頬を緩めていると、トレーに朝食を乗せて運ぶお母さんが、物珍しいものでも見るかのように笑みを浮かべた。

「どうしたの？　なんか機嫌よさそうだけど」

「ちょっとね」

濁して視線を向けたテレビでは、いつものチャンネルがついている。

いつもと変わらない天気予報。いつもと同じ内容のテレビ番組。

変わり映えのない五月三十一日の風景の中に生まれた、ささやかな変化。

それはリセット解除には関係ないものだけれど、変わらないものの中に、ふとした変化が起こるのは、同じ日を繰り返すわたしにとってすごいことのように思えた。

つやつやとした卵がゆが入った茶碗と、数種類のつけ合わせが乗った皿がわたしの前に並べられる。

「わ、美味しそう」

いただきますと手を合わせ、湯気が昇るかゆをレンゲで掬《すく》う。ふーっと息をかけて冷まし、火傷《やけど》しないように口に含むと、優しい味わいが舌の上で広がった。

「お弁当も、消化のいい食べやすいものにしたから」

お母さんが、カウンターに置いてあるランチバッグを持ち上げて見せてくれる。

「ありがとう、お母さん。そのお弁当食べて頑張る」

「頑張るって何を?」

「明日を迎えるための勝負」

正直に話してみるも、当然お母さんにはわからないようで。

「なんかよくわからないけど頑張って」

クスクスと笑うお母さんの応援を受けたわたしは、ぺろりと朝食を平らげると自室に戻り制服に着替えた。支度を済ませ、姿見で全身をチェック。

「よし」と気合を入れると、鞄を手にして玄関へ向かった。

朝食が違う以外はいつもと変わらない朝。けれど、胸の内は違う。

わたしは今日、翔梧と約束した通り、正対するのだ。

三年前、わたしのひと言で仲違いをしてしまったままの、恵美と。

「いってきます!」

大きく深呼吸し、戦《いくさ》に赴く心地で玄関扉を押し開けると、朝の涼しい風がわたしを迎えた。それを切るようにして歩き、エレベーターに乗り込む。

数字が徐々にカウントダウンされるのを眺めながら、ふぅと息を吐いた。

昨日見かけたのが恵美じゃなかったとしても、わたしは今日、最大の後悔と向き合う。

マンションを出て、快晴の空を仰ぎ、清々しい空気を肺いっぱいに吸い込む。息を吐いて鞄を肩にかけ直したわたしは、ローファーの踵《かかと》を鳴らして学校を目指した。

リセット現象から抜けるためには、恵美と向き合うだけでなく、今までと同様に二日間に生まれる後悔も解消せねばならない。

三十日は莉緒の髪型、三十一日は柚子の映画の誘いだ。

髪型については昨日すでに解消し、残る映画も無事にホラーが苦手だと伝えることができた。前回だけでなく昨日も打ち明けられたおかげか、今日はさらに肩の力が抜けていたと思う。

ただ、ミッションクリア後、隣の席の翔梧とまたしてもアイコンタクトを取ってしまったわたしは。

「だ、だからつき合ってないってば」

昼休み現在、中庭でいつものメンバーと顔を突き合わせながら、前回同様、翔梧と幼馴染以上の関係なのではと勘繰られ、質問攻めにあっていた。

「でも佐野のあんな優しい顔見たことないし」

莉緒が突っ込みを入れると柚子がうんうんとうなずく。

「基本、佐野が女子と絡んでるとこあんま見ないよね～。クールで不愛想なイメージ強いし？」

「なら、佐野は和奏を好きなんじゃない？」

奈々の言葉にお茶を飲んでいたわたしは思い切りむせる。

「げほっ、ごほっ、そ、それはない」

ただ、関係性が以前のものに戻っただけ。翔梧が今さらわたしを意識なんて……と考えて、自分はしっかりと彼を意識しているのに気づいた。

今さらは、ある。だけどそれはきっとわたしだけ。翔梧はわたしをただの幼馴染として見ているはずだ。

そのことに胸が小さく痛み、けれどすぐに気を取り直す。

今は余計なことは考えないようにしないと。うっかり後悔を増やすわけにはいかない。悩むのはリセットが解除されてからだ。

「色々とこじれてたのが解消されただけだよ」

「こじれてた？　……まさか、佐野は元彼⁉」

莉緒が新事実を発見したとばかりに目を見開き、柚子と奈々も興味津々にわたしを見つめる。

「違うってば！　……昨日話した友達のことがあってから、翔梧のことが少し苦手になっちゃって。それで、わたしが距離を置いてたの」

正直に告げると三人はテンションを落とし神妙な面持ちになる。

楽しい雰囲気を壊してしまったかと罪悪感が頭を掠《かす》めた直後、莉緒が「あーね」と納得してパックジュースのストローから口を離した。

「そういう理由か。でもさー、幼馴染とまで疎遠になるとか、その友達とのこと本当につらかったんだね」

莉緒がよしよしとわたしの頭を撫でる。

その手の温もりが、優しさが嬉しくて、鼻の奥がツンと痛んだ。

「うん……つらかったし、今も後悔してる。だから今日、会いに行こうと思ってるの」

「トラブった友達に？」

莉緒に尋ねられてうなずくと、三人は心配そうに眉尻を下げた。

再び莉緒が口を開く。

「何しに行くの？」

「自分らしくあり続けるために、過去と向き合いたくて」

繰り返されるリセットを終わらせるため、後悔を解消しなければならないという目標はあれど、あの日に負った心の傷を放置したままではいずれまた立ち止まってしまうかもしれない。

だから、どんなに怖くても、勇気を出して前に進む。

けれど莉緒は、恵美と会うのは反対のようで顔をしかめた。

「行かなくていいじゃん。別に和奏は悪くないいんだし」

「そうだよ。気にしなくていいと思う」

「ね〜。いくら親のっていっても、盗んだお金で遊ぶなんて普通はよくないし、しないよ。そんな相手と会う価値なし！」

以前、慰めてくれた言葉を交えつつ、三人に引き止められた。

「それに、また和奏がつらい思いすんじゃないかって心配」

莉緒がしかめっ面で言うと、柚子と奈々も眉を寄せてわたしを見つめる。

「心配してくれてありがとう。でも、大丈夫」

もしかしたら話したくないと言われるかもしれない。最悪、会ってもらえない可能性もある。

そんな想像をしたら怖気《おじけ》づきそうになるけれど。

「わたしにはみんながいてくれるから」

たとえうまくいかなかったとしても、三年前とは違い、わたしには理解してくれる友人がいる。もうひとりぼっちにはならない。だから、大丈夫。

恵美に会って、謝って、向き合う。そして、リセットを終わらせるのだ。

決意が揺るがないわたしに向かって、奈々が微笑みを浮かべる。

「本気で変わろうとしてるんだね。だったら私は応援するよ」

すると、諦めたように苦々しく笑う莉緒がため息を吐いた。

「わかった。あたしも応援する。でも、もし何かあれば連絡すんのよ。そっこー駆けつけるから」

「でも莉緒は今日、美容院でしょー？」

柚子の指摘に莉緒がハッと目を見開く。

「そうじゃん。じゃあ柚子が駆けつける」

「いいよー、行く行く。あっ、なんならお供しようか？」

明るい笑みを見せた柚子に、わたしはそっと頭を横に振った。

「ありがと。でもひとりで行ってくる」

柚子がいてくれたら心強いけれど、恵美との問題はわたしだけの力で乗り越えるべきだ。

繰り返される二日間から抜けるためにも、自分のためにも。

決意の固い様子に、三人は「頑張って」と代わる代わるわたしを抱き締めた。

うまくいかずに砕けたとしても大丈夫だと、そう思える強さをくれるように。


放課後、坂を上りながら手にしたスマホに視線を落とす。

開いているのは翔梧とのチャット画面だ。

部活が始まる前にくれたのだろう。愛らしい熊が掲げるバスケットボールに『きみならできる』と書かれているスタンプがひとつだけ届いた。

メッセージはそれだけ。けれど、すごく翔梧らしくて頬が緩む。

部活は出ずに恵美に会いに行くと告げたのは、朝、教室に入ってすぐだった。

『頑張るって言ってたの、やっぱり藤原のことか』

『うん。独りよがりかもしれないけど、ちゃんと恵美と向き合ってくる』

『……わかった。まあ、頑張りすぎてまた熱出すなよ』

そんな皮肉交じりの言葉を思い出し、わたしは微笑して『頑張ります』とメッセージを返した。

無理するなと素直に労ってくれればいいのに。

普段、ズケズケと言いたいことを口にする彼は、褒めたり心配する時は素直じゃなくなる。少し乱暴な物言いで、照れを隠すのだ。昔からそう。

けれど、観覧車の中では皮肉を含めず真っ直ぐに伝えてくれた。

『和奏なら乗り越えられるよ。俺を変えたお前なら、変われる』

後悔と向き合おうとするわたしを、励まし、勇気づけるために。

『だから俺は、自分の気持ちを大事にすることを選んで動いてる。お前も、小難しく考えないで、思ったこと話してみれば』

翔梧の言葉を思い出しながら坂を上り切ったわたしは、来た道を振り返った。

丘陵地《きゅうりょうち》に立ち並ぶ家々の向こうには海が見え、貨物船がゆっくりと港を目指して進んでいる。

ここは、わたしが暮らしているマンションとは、駅を挟んで真逆の方向なので滅多に来ないのだが、恵美と仲違いする前は、よくこの道を通っていた。

恵美の住む家は、ここから歩いて五分もない場所にある。

一軒家の彼女の家からは海が望めるので、夏には港で開催される花火を庭に立って眺めたこともあった。近所の神社にも、夏祭りやお正月に訪れていたし、この辺りには思い出がたくさんある。

そしてそれらは本来いい記憶として懐かしむもの。けれどこの三年、ふと思い返すたびに覚えるのは苦しさだけだった。

今日、恵美と向き合っていい思い出に変えたい……なんて欲張りなことは言わない。でもせめて、感じる苦しみが少しでも軽くなればいいなと思う。

そう願い、坂を背に再び歩き出したわたしは、三年振りに恵美の家の前に立った。

青空に映えるオレンジ色の三角屋根と、真っ白な外壁。フレンチテイストの可愛らしい彼女の家は、以前と変わらぬ佇まいでわたしを見下ろしている。

恵美はもう帰っているだろうか。

聞き間違えていなければ、昨日の会話では、学校が終わったらすぐ家に帰って動画を観ると話していた。恵美が通う高校はここから徒歩圏内なので、わたしよりも早く家に着いていると思うけれど……。

つい、と恵美の部屋の窓を見上げた途端、緊張に息が詰まり、鼓動が速度を上げていく。

落ち着いて。大丈夫。

言い聞かせるように心中で繰り返し、大きく深呼吸する。

しかし緊張はほぐれず、ええい、ままよと震える指でインターホンを押そうとした刹那。

「わ、かな……？」

背後から聞こえた声に、心臓が、強く、強く脈打った。

ゆっくりと振り返ると、そこには制服姿の恵美が立っていて。

「なんで……？　何してんの？」

表情を強張らせ戸惑いを零す恵美に、呼吸を忘れていたわたしはぎこちなく息を吸い込む。

「あ……の……」

うまく言葉が紡げず、急激に乾く口の中でつばを飲み込んだ。

ここに来るまでに用意した言葉があったのに、頭が真っ白になって何も浮かばない。

どくどくと大きく跳ねる心臓の音が耳元で聞こえる中、ふと、愛らしい熊のスタンプが脳裏をよぎった。

『きみならできる』

翔梧がくれたスタンプが、わたしの背中を優しく押してくれる。

わたしなら、できる。

深呼吸して、わたしは勢いよく頭を下げた。

「ごめんなさい！」

「ごめん！」

声が重なって、わたしは頭を下げたまま目をぱちくりさせる。

「え……」

今、恵美に謝られた？

おずおずと姿勢を戻してみると、恵美がわたしよりも深く頭を下げているではないか。

「え、あの、恵美？」

「あたし、バカだった。自分が悪いのに目を逸らして、わかってくれない和奏が悪い、むかつくって怒ってハブるなんて最低だった」

「あ……で、でも、わかってなかったのは本当だし」

気持ちとか、事情とか。恵美の思いを理解せず、ただ悪いことをしてほしくないという自分の気持ちを押しつけて言葉を伝えてしまった。その結果、無神経に恵美を傷つけたのだ。

「だから、頭を」

上げてと言い切る前に、恵美は勢いよく顔を上げる。

「詳しく話してないんだから当然だよ！　なのに、何も知らないくせにって、和奏にひどい態度取って……本当にごめん……」

恵美の瞳が、声が、だんだんと涙に濡れていく。

わたしの鼻もツンとして、視界が涙で滲んだ。

ずっと、自分だけだと思っていた。三年前の痛みを引きずっているのは、わたしだけだと。

けれど違った。恵美もあの日からずっと、後悔を抱えていたのだ。

恵美は唇を震わせ、頬を伝う涙を手の甲で拭う。

「あの頃、両親が離婚するしないで毎日揉めてて。あたしは離婚してほしくなかったから意見したら、夫婦の問題だからって蚊帳《かや》の外にされたの。夫婦の問題だけど、離婚するかもしれないなら家族の問題でもあるじゃんって頭にきて……」

「それで、お金を？」

小さくうなずいた恵美は「嫌がらせのつもりで盗った」と呟き、気持ちを落ち着かせるように深呼吸した。

「家族や自分がどうなっちゃうのか不安で、毎日イライラして。でも、三年に上がってから、結局親は離婚しないことになった。それであたしも落ち着いてきて……そこでようやく、和奏に悪いことしたって気づいたの」

遠くから運ばれてきた潮風が、わたしたちを優しく撫でて通り抜けていく。

「ううん、違う。本当は、和奏に〝よくないよ〟って言われた時にわかってた。悪いのはお金を盗んだあたしで、和奏は気にかけて注意してくれたんだって。でも、他の子たちはあたしの憂さ晴らしにつき合ってくれたのに、和奏はあたしに説教して突き放したって気持ちが抜けなくて」

「突き放してなんかいないよ……！」

説教に聞こえたかもしれないけれど、あの時は、ただただ恵美を心配していた。突き放すどころか、手を引っ張るくらいの気持ちで、盗んだお金で遊ぶのはよくないと伝えたつもりだった。

だけど、結果的に恵美に届かず、わたしはわたしのエゴを押しつけただけで考え足らずだったのだ。

ならばわたしも、他の友人と同じように憂さ晴らしにつき合ってあげればよかったのか。

けれどそれは、今でも少し違う気がする。

もしもあの日をやり直せるとしても、わたしはカラオケには行かないだろう。言葉を変えて、止めようとするはずだ。

だって。

「恵美のことが好きだから、やめてほしかったの」

大切な友人が後悔に胸を痛め、心から笑えなくなるのは嫌だった。

「うん……そう、だよね。きっとそうだろうなって、思った」

恵美の双眸から、再び涙がポロポロと溢れ出す。

「和奏だけだったの。悪いことを悪いって言って、止めようとしてくれたのは。あたしを心配してくれたのに、ごめんねぇっ……！」

いよいよ幼い子供のように号泣し始めた恵美をたまらず抱き締める。

「わたしこそ、ごめんね……！　事情を知らなかったとしても、あんな風に伝えるべきじゃなかった。何かあったのって、話を聞くのが先だったのに、ごめんね」

涙を零しながら謝るわたしの背に、恵美がしっかりと腕を回してくれる。伝わる温もりに、あの日から止まっていたふたりの時間が再び動き出したのを感じた。

そうしてふたりで泣き合っていると、ふと通りすがる人の気配がして。

恥ずかしくなったわたしたちは、小さく笑い合って向き合う。

「和奏、あのね」

恵美はおもむろに紺色の鞄に手を差し込むと、海色に染まる封筒を取り出した。

「これ、今さらすぎて申し訳ないけど受け取って」

手渡された封筒の宛名を見て、まだ涙で濡れている目を見張る。

「わたしの名前……」

「いつか会えたら渡そうと思って、毎日持ち歩いてたの」

どういうことか理解できずに首を捻るわたしを見て、恵美は苦い笑みを浮かべた。

「和奏からもらった手紙の返事、実は書いてたの。ていっても、卒業してから書いたんだけど、送る勇気が出なくて。だから、偶然会えた時、和奏があたしを嫌いになってないなら渡そうって、願掛けみたいにしてた。弱い上にずるくてごめん」

わたしは、そんなことないと首を横に振る。

「ありがとう、嬉しい」

送った手紙をちゃんと読んでくれていただけでなく、返事を用意してくれていたなんて、夢にも思わなかった。

手紙を胸に当てて喜びに浸っていると、恵美がちらちらと視線を寄越《よこ》す。

「あの、うちに来たのって、もしかして謝りに……？」

「うん……ずっと後悔してて、このままじゃダメだって思って」

「そっか。きっとあたし、和奏をずっと苦しめてたよね」

「わたしこそ、もっと早く勇気を出して来ればよかった」

けれど、その勇気は普通に過ごしていたら出せなかったものだ。

繰り返される時間の中で、自分の弱さと向き合い、翔梧が背中を押してくれたから踏み出せた。小さな後悔を乗り越えて、莉緒たちが励ましてくれたから自信を持てた。

何より、後悔に苦しみ、思い悩んだ時間があったからこそ、こうして今、互いに胸の内を曝《さら》け出せたのかもしれない。

「和奏……あたしにこんなこと言える資格なんてないけど、もしよかったら前みたいにまた友達になってくれる？」

「わたしもまた友達になりたい。また一緒に笑い合いたいよ」

もう無理だろうと諦めていた、密かに焦がれていた。いつか仲直りできたら、夏の夜空に咲く大輪の花火を、また一緒に眺められたらいいと。

「ううっ、和奏！　ありがとう！」

感極まって、わたしたちはまた抱き締め合う。

今度は嬉し泣きをしながら、笑顔で。

ひとしきり涙を流したあと、改めて連絡先を交換したわたしたちは、笑みを交わし手を振り合って別れた。

来た時とは打って変わり、晴れ晴れとした気持ちで坂を下る。

友達としてやり直せるなんて、この坂を上がっていた時は想像もしていなかった。

新たに恵美の名前が表示されているチャットアプリを見て頬を緩める。

最高の今を噛みしめながら、今回はきっとリセットされないだろうと確信したわたしは、部活中の翔梧にチャットを送ろうとして手を止めた。

今からなら学校に戻る余裕がある。せっかくだし、翔梧に直接会って報告したい。

——彼の喜ぶ顔が、見たい。

そう思った直後、翔梧から着信があり、わたしは心を躍らせながら通話ボタンをタップした。

「まだ部活中だと思ってたけど」

『出てない。今から弘樹と話してくる』

「えっ」

思わず素《す》っ頓狂《とんきょう》な声が漏れてしまい、人がいないか慌てて周囲を見回す。幸い誰もいなかったので安堵し、再び翔梧の声に耳を傾けた。

『なんで驚くんだよ。昨日、俺も頑張るって言っただろ』

それを聞いて、わたしはハッとする。

寝落ちする寸前、夢現《ゆめうつつ》に聞いた気がした『俺も、できるだけ頑張ってみるよ』という翔梧の呟きは、夢じゃなかったのだ。

『つーか、藤原とはどうなった？　会えた？』

「うん、ちゃんと話せたし、また友達になれた。翔梧には会って報告しようと思ってたんだけどな」

『別に電話でいいだろ』

「喜ぶ顔が見たかったの」

坂を下りきり、横断歩道の前に立つ。

青に変わるのを待つ最中、スマホ越しの翔梧が小さく笑った。

『……俺もそう。だから、ちゃんと解決させる』

俺も……とは、翔梧もわたしの喜ぶ顔が見たい、ということで合っているだろうか。

何だか気恥ずかしくて口元がにやける。

『和解できてよかったな』

いつもより柔らかい声が聞こえ、わたしは「うん」と笑みを零した。

「ありがとう。三年前じゃなくてもやり直せるって言ってくれた翔梧のおかげ」

あの言葉があったから、二日間の後悔だけでなく、三年前の後悔とも向き合うことができたのだ。

『動いたのはお前。で、次は俺の番』

決意を固めた真剣な声色が聞こえ、信号が青に変わると。

『俺も、あいつとバスケしたいんだ』

彼の願いが吐露された。

後悔しないために、そして、堀江君にも後悔してほしくないから。

だから、翔梧もぶつかると決めた。

「わかった。わたしもそっちに向かうね」

一歩踏み出し、横断歩道を渡る。

『別にわざわざ来なくてもいいだろ』

「リセットのことがあるし、近くにいた方がいいでしょ？」

リセットするにしろしないにしろ、これまで通りふたりが揃っていた方が安心だ。

それに、話しているうちに時間が迫らないとも限らない。

『まあ、それもそうか。弘樹はゲーセンにいると思う』

前回の今日、駅前繁華街のゲームセンターで見かけたのを思い出し、わたしは「わかった」と白線を跨ぎながらスマホで時刻を確認する。

リセット時刻まであと一時間ちょっと。

通話を終えたわたしは、まずは最寄り駅を目指して地面を蹴った。

駅から延びる繁華街は昔ながらの雰囲気が残っており、渚高生御用達のお店が軒を連ねている。

ファストフード、カラオケ、マンガ喫茶等々。繁華街入口すぐのスポーツ用品店では、運動部の人たちが物色しているのをたまに見かける。

ちなみにわたしがよく行くのは画材店。そして、この時間に堀江君がいるゲームセンターは、画材店のはす向かいに構えている。

翔梧は中にいるのだろうか。

入って確かめてみようとした時、ゲームセンター横の細い通路に人影が見えて覗き込む。

すると、壁に寄りかかるようにして立つ堀江君と、正面から向き合う制服姿の翔梧を見つけた。

どんな様子かと耳をそばだててこっそりと見守る。

「本当お前、毎日なんなの。俺が部活に出ようが出まいが、リハビリ受けようが受けまいが、お前には関係ないだろ」

「関係ある」

きっぱり言い切る翔梧に堀江君が「は?」と眉を顰める。

しかし翔梧は怯むことなく真剣な顔で堀江君を見つめて。

「俺はお前とバスケがしたい」

わたしに吐露した気持ちを、彼にも真っ直ぐに届けた。

「インハイも、国体も、ウインターカップも、卒業後も、プロになっても、お前とバスケがしたいし、お前もそうしたいって言ってただろ」

翔梧の言葉に、堀江君は動揺して瞳を揺らした。

「でも、この足じゃもう無理だってわかるだろ」

悔しそうに吐露した唇を噛み、翔梧から視線を外す。

そんな堀江君をじっと見つめていた翔梧は、ややあって再び口を開いた。

「やってみて無理ならやめればいい。何もしないで諦めたら、いつか絶対に後悔する。……俺みたいに」

堀江君が目を見張って視線を上げ、驚いた様子で瞬きを繰り返す。

「翔梧も後悔なんてするんだな」

「お前は俺をなんだと思ってんだ」

翔梧が突っ込みを入れると、堀江君が少しだけ笑みを零した。

そしてわたしは堀江君に共感してそっと苦笑する。

オブラートに包まず思ったままを口にする翔梧は、迷いも後悔もなく生きていそうに見える。けれど、翔梧が今強くいられるのは、口を噤《つぐ》んでばかりの弱い自分を乗り越えたからだ。

「昨日お前は、俺には弘樹の気持ちはわからないって言ってたけど、少しはわかる」

「いや、翔梧は怪我なんてしてないだろ」

「そうだな。バスケじゃない。でもそれは、俺にとって特別な存在だった。だけど、俺には特別でも、相手にとっては違った。距離取って避けられて。ああ、俺はあいつにとってその程度の存在かってむかついて……苦しんでるってなんとなくわかってたのに、何もしなかった」

とつとつと彼の口から語られる後悔に、わたしは〝もしかして〟と口を両手で覆った。

「手を差し伸べても、払われるのが怖かったからできなかった。バスケに拒絶されるのをビビってる弘樹と同じだろ？」

「まあ……似てるけど。で、踏み出せなかったお前は後悔してるから、俺に踏み出せって？」

問われた翔梧は、ゆっくり瞬いて視線を足元に落とす。

「正直、見守るのもありだとは思った。でも、それだと俺もまた後悔する。あいつに手を伸ばせずに後悔して、ようやく今乗り越えられたのに、ここで弘樹に同じことはしたくない」

顔を上げた翔梧の視線が堀江君に戻り、眼差しに強さが宿る。

「だから、信じて待つんじゃなく、信じてお前の背中を押す」

翔梧の言葉に、堀江君は震える唇を隠すようにうつむいた。

「はは。それ、お前が後悔しないために俺にやらせたいだけだろ」

「そうかもな。でも、お前にも後悔してほしくないから押す。諦めんな」

真っ直ぐで力強さを含んだ翔梧の声は、わたしに勇気を与えてくれたものとよく似ていて。

堀江君にも届いたのか、彼は長いため息を吐くと頭をゆっくりともたげた。

「普段は素っ気ないくせに、こういう時はしつこいんだな、お前。俺のこと好きすぎか」

おどけてニッと笑う堀江君の目尻には、ほんのりと涙が滲んで光っている。翔梧は何も答えず、ただ両眉を上げて微笑した。

堀江君の表情が、翔梧の隣にいる時の彼らしいものに戻っているのを見て、わたしはもう大丈夫そうだと安堵する。

「やらぬ後悔よりやる後悔、ってやつか。やって後悔したら、翔梧お前、全力で俺をフォローしろよ」

「当然」

「よっし、ならウジウジモードは終わり！　で、俺的にはそこで見守ってくれてる森沢さんにも応援してもらえると嬉しいんだけど」

「えっ」

どうやら、覗いているのがバレていたらしい。堀江君に手を振られて、わたしは小さく手を振り返す。振り向いた翔梧は、先ほどの話があったにもかかわらず、わたしを見ても動揺はない。

「ごめんね、声もかけないで盗み見て……」

少々気まずい心地で苦笑すると、堀江君がにこっと笑みを浮かべる。

「気にしないでいいよ。つーか、昨日君が、俺なら踏み出せるって言ってくれたから、翔梧の話を前より素直に聞けたんだし。ありがとな」

「わたしは何も。でも、ふたりの関係が前みたいに戻ってよかった」

翔梧にもよかったねと伝えるように微笑むと、わたしを見下ろす彼の目尻が和らぐ。

すると堀江君が「へぇ～？」とからかうような視線でじろじろとわたしたちを眺めた。

「その様子だと、俺の隣で応援してほしいっていう願いは叶わない感じ？」

尋ねられた翔梧は、「俺で我慢しろ」と窘めるように言ってスマホを見た。

「十七時二十分。余裕で間に合うな」

「うん。わたし、先に駅に行ってるね」

ここのところ揉めていたふたりだ。しばらくちゃんと話せていないだろうし、積もる話もあるのではと思ったのだが。

「いや、俺も一緒に行く」

翔梧はそう言って、スマホをズボンのポケットに突っ込んだ。

「もしかしてこれからデートの予定？」

「ち、違います！」

時間がリセットされるから、なんて言っても信じてもらえないだろうから、理由は説明せず慌てて否定だけする。

堀江君は、翔梧のことが好きなのかと聞いてきたので勘繰っていそうだ。というか、恋愛ネタは翔梧を意識してしまうのでやめてほしい。

「全力で否定されて翔梧かわいそー」

ケラケラと笑う堀江君を一瞥する翔梧は「実際デートじゃないしな」と淡々と返す。

「なら俺にチャンスある？」

「ない」

主語が欠けたふたりの会話に入れずにいると、「仕方ない」と諦めた堀江君が松葉杖をついて眼差しを細める。

「じゃ、明日……また、部活で」

「ああ、また明日な」

プロになる夢を叶えるため、再スタートを決意した堀江君は、ゲームセンターを満喫している友人たちの元へ戻った。

彼を見送ったわたしたちは、どちらからともなく一歩を踏み出し駅へ向かう。

「よかったね。堀江君と話せて」

「和奏もな」

お互いにわだかまりが解けて本当によかった。

「これで今度こそ抜けられるよね」

「ああ。さすがにもう見逃してる後悔はないだろ」

後悔というワードに先ほどの話を思い出したわたしは、隣を歩く彼の横顔を見上げる。

「あの……さっき翔梧が堀江君に話してた後悔って……」

わたしのこと？　とは尋ねにくく、言葉を途切れさせてしまう。けれど、汲み取ってくれた翔梧は濁すことなく教えてくれる。

「お前のこと」

やっぱりそうだった。勘違いだったら自意識過剰で恥ずかしいと思っていたので胸を撫でおろす。

「あ……ということは、前に翔梧が話してくれた〝ひとつあった後悔〟ってわたし？」

尋ねると翔梧は「そう」と短く返し、こちらを見ないまま続ける。

「他のやつらはどうでもいいけど、お前に拒絶されるのは……嫌、だった、から」

だから、手を差し伸べることができなかったと、珍しく口ごもるように教えてくれた。顔を耳まで真っ赤にしながら。

なんでそんなに照れてるのと突っ込みかけ、はたと気づく。

よくよく思い返してみれば、翔梧は言っていた。

『俺にとって特別な存在だった』と。

その言葉と顔を赤らめている彼の様子に、その〝特別〟の意味を知りたくなる。

けれどやはり自分から聞く勇気はなくて。

「もし次、似たようなことがあったら、翔梧を頼っても……いい？」

顔が急速に熱を持つのを感じながら、わたしもたどたどしく問いかける。

すると翔梧は。

「……いいっつーか、俺だけにしとけ」

　またまた意味を知りたくなる言葉をぼそりと呟き、すたすたと逃げるように改札を通り抜けた。

「なにそれ」

　まるで独占欲強めの彼氏みたいな翔梧の言葉に、わたしはとうとう自覚させられる。意識してしまうのは、翔梧のことが好きだからだと。

　いや、そもそもわたしにとっても彼は昔から特別だった。だから、揃いのお守りを彼にあげたのだ。

　けれど、この想いは彼にはまだ黙っておこう。わたしたちが新しい関係へと踏み出すのは、リセット現象を解除してからだ。

　その想いを胸に抱き、わたしも彼を追って改札を通り抜けたのだった。


　――十七時四十分。

　ホームに立つわたしたちは、お守りを手に隣り合ってその時を待っていた。

　今度こそ大丈夫。そう確信しているけれど、何かが引っかかる。

　ちらりと翔梧の横顔を見ると、彼もしっくりきていないような微妙な表情をしていた。

「翔梧、何か忘れてたりしてないよね？」

自分らしさをなくす原因となった後悔とは向き合った。繰り返す二日間に生まれた後悔も解消した。

「そのはず、なんだけど……忘れてる何かがある気がしてる」

三年前、翔梧に生まれた後悔も、わたしが乗り越えたことで解消されたはず。

堀江君の件もカウントに入れたとしても、他には何もないはず。

なのに。

「翔梧も？　わたしもなの。なんだろう」

ここにきて、違和感のようなものを覚えるのはなぜか。

しかもふたり揃ってということは、おそらく見落としている何かがあるように思えてならない。

またリセットされるかもしれない。

そんな不安が胸に広がっていく。

『二番線、電車がまいります。黄色い線の内側までお下がりください』

ホームにアナウンスが流れて、わたしはそっと翔梧のシャツの袖を掴んだ。

「抜けられるよね」

翔梧は答えない。ただ、励ますように袖を掴むわたしの手を、大きな手で包んでくれた。

自然と握り合うわたしたちの手の間には、翔梧のお守りがある。わたしのお守りも一緒に入れて、彼の優しい体温を感じながら握り返すと、電車がホームに滑り込んできた。

停車した電車が扉を開くべく噴射音を発する。

その刹那。


――ぞわり。


背筋に走った寒気に絶望する。

もう、リセットは必要ない。わたしは未来を、自分らしく生きていきたいのに。

「何が……何が足りないのっ⁉」

わたしたちは神様に祈るようにぎゅっと手を握り合い、ふたつのお守りに答えを縋る。

その時ふと、運転席の窓から顔を覗かせた運転士と目が合った。

リセットが繰り返される中、何度か見たことのあるダンディな運転士。

「……そう、だ。あの運転士さん、この日初めて見たんだ」

声にすると同時、手の中のお守りが熱を持ち、記憶がフラッシュバックする。

——ガタンと、車体が傾き。

『きゃーーーっ!』

車内に悲鳴が響き渡った。

立っていられずよろけた直後、わたしの身体が宙に浮き、鞄の中から飛び出た絵の具が宙を舞う。

ピロールレッド、ホワイト、アゾイエロー、コバルトブルー。

それらの色を目にしながら、わたしの身体は落下し叩きつけられて……。

——いつの間にか失っていた意識がゆっくりと浮上する。

『っ……う……』

ズキリズキリと頭に激しい痛みを感じながら重いまぶたを開いた。

辺りは真っ暗で、うっすらと鉄が焼けたような匂いが鼻をつく。

そんな中、自分のではない呻き声が聞こえてくる。か細い泣き声も。助けを乞う弱々しい声も。そこかしこから。

いったい何が起こったのか。

痛みに脂汗が滲む中、ぼんやりと思い出した。運転席の床に伏せっている運転士を見つけた直後、わたしは、わたしたちは事故に遭ったのだ。

それも、そうとうひどい事故。だからこんなにも身体が痛くて朦朧とするのだ。

わたし、死ぬのかな。

そう思った途端、じわりと目頭が熱くなり、あの日の後悔が脳裏に蘇った。

三年前、わたしの発言のせいで、仲違いしてしまった恵美との苦い思い出が。

死んでしまうなら、そうなるとわかっていたら、勇気を出して向き合えばよかった。

向き合えていたら、わたしはもっと自分らしくいられたのかもしれない。

莉緒の髪型も、柚子の映画のお誘いも。自分が感じたままに伝えればよかった。

奈々がアドバイスをくれていたあの絵も中途半端なままだ。今のわたしみたいに。

こんな中途半端な自分のまま、後悔だらけで死ぬなんて。

視界が滲んで、目尻から涙が零れ落ちる。

再びクリアになった視界にふと、子供の頃から持ち歩いているお守りを見つけた。

鞄からぶら下がる朱色のそれに震える手を伸ばす。

弱々しい力でどうにか掴むと、揃いのお守りを持つ佐野の姿が脳裏をよぎった。

彼は大丈夫だろうか。暗くて見えないのでわからない。声を出す力もなく、確かめようがない。

視界がかすむ。すべての音が遠くなる。

最後に、まぶたの裏にぼんやりと浮かんだのは、眉を顰める恵美の顔。

——神様。

もしも、後悔した日々をやり直せるなら、わたしは今度こそ……。

願い、力のない手でお守りを握ると、薄らぐ意識の中、まばゆいばかりの白が頭の中を塗りつぶしていった。

失っていた記憶が荒々しい波のように押し寄せ、わたしははっと目を見開く。

「翔梧！　事故！」

過去であり未来に起きるそれを叫ぶように言うと、翔梧も記憶が蘇ったのか深くうなずいた。

「だからいつも嫌な感じがしてたのか」

感じる悪寒はリセットの前兆ではなく、事故が起きるからだった。

だとしたら、わたしたちがやるべきことはひとつだけ。

わたしは翔梧とうなずき合うと、大急ぎで駅員の元へ走った。

最終章　君と明日を描いて

夏休みも佳境に入った八月某日。

冷房のきいた館内には、様々な美術品が並んでいる。

絵画、デザイン画、彫刻等々。個性溢れるそれらは、県内すべての高校から出品された生徒たちの作品だ。

もちろん、この中にわたしのアクリル画も飾られている……のだけれど。

「もー、まだ見てるの？」

穴が開くのではないかと思うほどじっくり絵を見られて、いい加減恥ずかしくなってきたわたしは彼の背中に突っ込みを入れた。

「翔梧、聞いてる？　あっちにある奈々の抽象画、色がすごくいいから見ない？」

指差して誘うも、翔梧は振り返らない。

「あとで」と短く返すだけだ。

わたしが描いた絵がどんなものか、翔梧にはずっと内緒にしていた。その理由には、彼を驚かせたいという気持ちと、もうひとつ。

途中で絵を変更したため、差し迫る提出期限に必ず間に合わせ、無事、会場に展示されるまでは黙っておくという願掛けもあった。

そして先月末、インターハイ決勝で惜しくも敗退となった渚高男バスも先日から夏休みに入り、夏休みの課題に追われている彼を誘って展覧会へやってきたのだが。

わたしの絵を見つけた彼は『これ、俺?』とモデルが誰かを言わずとも言い当てた。翔梧曰く、ダンクを決める際の癖が出ているらしい。けれど、わたしはそんな癖があるとは知らなかったし、特段そこを意識して描いたわけでもない。ただ、参考に隠し撮りした翔梧のダンクシュート姿を自分なりに表現したつもりだったので驚きだ。

とにもかくにも、そんな会話のあと、翔梧はわたしの絵の前から動かなくなり、今に至る。

「そんなに気に入ってくれるなんて思わなかった」

彼の斜め後ろに立つと、翔梧が横顔だけでちらりとわたしを振り返る。

「気に入った。特にこの選手が最高」

「それ、自分で言うんだ」

くすくすと笑って、わたしも改めて自分の作品を見つめる。

ダンクシュートを今まさに決めようとする、跳躍した翔梧の姿。

自分の目が、心が、彼のダンクシュートに惹きつけられた時と同じように、絵を見た人にも感じてほしい。そんな思いを胸に、迫力と躍動感を意識して筆を動かした。

先生からアドバイスをもらった『他作品と並んだ時に負けないダイナミックさ』と、奈々の色使いを参考に、カラフルなしぶきを入れてインパクトのある絵に仕上げている。

「この絵、生き生きしてて、和奏の絵って感じがする」

「生き生き……。自分じゃあまりわからないけど、描いている時、すごく楽しかったんだ」

正直、自分らしい絵が何か、今はまだわからない。けれど、この絵を描いている間は余計なことも考えず、感じるままに筆を滑らせ、思うままに色を乗せた。

誰かの意見に流されることなく、のびのびと、素直に。

「ね、翔梧。この絵、展示会が終わったら翔梧がもらってくれる？」

「いいのか？」

「翔梧のおかげで描けたものだから、迷惑じゃなければ」

自分の絵を贈るのは少々気恥ずかしいけれど、ずっと眺めるほど気に入ってくれたなら翔梧が持っていてくれたら嬉しい。

わたしが「ぜひ」と続けると、翔梧は嬉しそうに目尻を下げた。

「もらう。弘樹に自慢する」

「なんでそこで堀江君なの？」

素朴に尋ねるわたしを、なぜか翔梧は呆れた眼差しで見つめる。

「……なんつーか、あれだけ時間繰り返して後悔は解消しても、鈍感なのは変わらなかったな」

「なに？　どういうこと？」

嫌味を言われているのはわかるが、なぜ言われるのかがわからず、わたしは眉を顰めて翔梧を見上げた。すると翔梧は、これ見よがしにため息を吐く。

「なんでもない。そろそろ出るぞ」

「えっ、翔梧、まだ他の作品見てなくない？」

「俺の目的は和奏の絵だけだから」

本当にそのようで、踵を返した翔梧は脇目も振らずにすたすたと出口に向かう。

「もうっ、勝手なんだから」

時間を繰り返しても変わらないのは翔梧も同じだ。

心の中で突っ込みを入れ、相変わらずマイペースな翔梧を仕方なく追った。

わたしはまだじっくり見たかったけど、それはまた今度にしよう。

……とはいえ、公開終了まであと一週間しかないけれど。

時間が迫るという感覚に、リセット現象に悩まされもがいた二カ月前を少しだけ懐かしく感じる。


――五月三十一日。

十七時四十五分発の電車が、運転士の意識消失により脱線。

死傷者は多数……となるはずだった事故は、あの日、リセットの要因となった事故を思い出したわたしと翔梧が必死に訴えた甲斐があり、トップニュースを飾らずに済んだ。

『運転士さんの様子がおかしいんです！』

顔色が悪い。事故が起きないよう、どうか運転士を交代してほしい。

嘆願するわたしたちを、当然のことながら駅員は不審がっていた。

いたずらだとあしらわれる予想はしていたけれど、まったく取り合ってもらえずに絶望しかけたその時、翔梧が原因となる運転士の元に駆け寄って降りるよう促した。

駅員さんが『やめなさい』と叫び、あわや警察を呼ぶぞという雰囲気になった直後、運転士がふらりとめまいを起こし倒れたのだ。

そこから事態は急変。運転士が気を失い、救急車を要請。

ホームが一時騒然となる中、運転士は無事に交代。

事故を未然に防ぐことに成功した。

『君たちが気づいてくれなかったら大事故に繋がっていたかもしれない。疑って申し訳なかったね。本当にありがとう』

そう深々と頭を下げて感謝され、後日お礼をさせてほしいと言われたけれど、正直どう返事したか覚えていない。

わたしと翔梧は、十七時四十五分を過ぎてもリセットしない現実を、喜びを噛みしめ、人目も憚《はばか》らずホームで抱き締め合った。

笑顔で涙を流すわたしを、翔梧は涙目で見つめて。

『やったな……！』

感極まった声で言って、わたしを包み込む腕に力を込めた――。

彼の力強い抱擁と、ぐっと間近に迫った爽やかな香りを思い出すと、今でも少し恥ずかしくなる。

でも、そんな風に感じているのはわたしだけなのだろう。

涼しい美術館からひと足先に出た翔梧は、天辺《てっぺん》からじりじりと照りつける太陽に手をかざし「あちぃ」と小さく零した。

念願の六月一日を迎え、以前のように時間は進むようになったけれど、わたしと翔梧の関係はただの幼馴染のままで停滞している。

変化を求めるなら、言葉にして伝えなければならない。けれど、その『想いの詰まった二文字』を伝える勇気がなかなか持てず、二カ月も経ってしまった。

言葉にしたら、リセットで縮まった距離感が、また離れてしまうのではないか。

そんな不安を持ちながら彼の背を追って歩く。

もこもことした入道雲が浮かぶ青い空の下、風に揺れる常緑樹を背景にした翔梧は、ひとつの絵画のようだ。

夏の景色の美しさに、視界の彩度が元に戻ってよかったと心から思っていると、ふいに翔梧が振り返る。

「お守り、ちゃんと持ってきてるか？」

「もちろん」

わたしはお守りが入っているショルダーバッグをポンと叩いてみせた。

実は今日は、美術館の他にもうひとつ予定がある。そのためにわたしたちはお守りを持ってきていた。

「オッケー。なら、向かう前になんか食ってから行かねぇ？　腹減った」

そろそろ昼時なので、彼の提案にうなずこうとした時。

「あらら～？　そこにいるのは和奏じゃーん？」

莉緒の声に呼ばれて、わたしは内心「やばい」と思いつつ、笑みを浮かべて後ろを振り返った。

そこには予想通り、顔をにやつかせた莉緒、柚子、奈々が立っていた。

奈々は楽しそうに目を細め、わたしと翔梧を交互に見る。

「用事があるって言ってたの、佐野とのデートだったのね」

デートという響きにわたしは慌てて口を開いた。

「そういうのじゃないから！」

今日は遊びではなくちゃんとした目的があるので、デートと呼ぶのは違う、はず。

翔梧だって、そんな風に思っていないはずだ。

「って言ってますけど、いかがですか佐野氏」

何度目かのリセットの最中わたしにしたように、柚子が翔梧にマイクを突きつける真似をする。

「楽しそうだな、お前ら」

冷静に返した翔梧に、三人は「すっごく楽しい」と笑顔で声をハモらせた。

ダメだ。このままじゃからかわれっぱなしになる。

わたしは慌てて話題を変える。

「さ、三人はどうしてここに？　モールは反対方面でしょ？」

昨日、グルチャで誘われた時は、ショッピングモールへ買い物に行くと莉緒が話していた。あいにくわたしは先に翔梧と約束していたので断ったけれど、まさかこんなところで会うなんて。

「あたしが提案したの。奈々と和奏の作品見に行ってから買い物しよって」

莉緒がハンディファンを自分に当てながらにこりと笑った。

「わ、そうだったんだ。ありがとう。一緒に行けなくてごめんね」

「いいのいいのー。佐野とのデート、邪魔するわけにはいかないし」

まだデートをネタにからかう柚子の隣で、奈々が「あ」と口を開ける。

「もしかして、ふたりも美術館？」

「うん、今見てきたところ」

うなずくと、奈々が佐野を見上げる。

「和奏の絵、いい絵だったでしょ？」

奈々はもちろん、莉緒と柚子もわたしが翔梧をモデルに絵を描いたのを知っている。

正確には、昼食時、奈々が何気なく『佐野の絵は間に合いそう？』と口にしたことにより、ふたりに根掘り葉掘り聞かれて答える羽目になったのだが。

なので、莉緒と柚子は翔梧の反応をわくわくと見守っている。

「ああ。もらえることになったから部屋に飾る」

翔梧の言葉に、すぐ恋愛方向で考える三人は「へぇ〜、プレゼントかぁ」とまたニヤニヤしながらわたしを見た。

翔梧ってば余計なことを。

話をいくら変えてもからかわれるので、さっさと退散するのがよさそうだ。

わたしは「そろそろ」と翔梧に出発を促す。

「だな。さっさと涼しいとこ行くか。じゃあな」

翔梧は莉緒たちに軽く手を上げ歩き出した。

「邪魔してごめーん」

「デート楽しんでね～」

「報告よろしく」

こんな時、以前なら苦笑してやり過ごしていた。けれど、今は違う。

「もーっ、面白がってからかうのなし！」

はっきり伝えると、莉緒たちは楽しそうに笑った。

互いの間にどんよりと重い空気はない。あるのはソーダ色をした夏空のような、爽やかな笑顔だけ。

わたしが「また連絡する」と手を振ると、三人も手を振って見送ってくれた。


目的地の最寄り駅に着いたのは、それから二時間後だ。

蝉しぐれを浴びながら歩く田園は、以前来た時よりもたくましく伸びた稲の緑に覆われている。

積雲の浮かぶ青空と田園のコントラストは絶景で、わたしはスマホを取り出してその景色を写真に収めた。

「次の作品の参考？」

「ううん、美術部の夏休みの課題。一日一枚写真を撮るの」

だが、この景色を描きたいという気持ちもあるので、田園風景を題材に作品を手掛けてもよさそうだ。

蝉の声に重なる水路のせせらぎを耳に、翔梧とふたり、あぜ道を進む。

肌がじっとりと汗ばむのを感じながら鳥居をくぐり、木々に囲まれた結ノ剋神社の境内に入ると、少しだけ気温が下がった気がした。

ふと、拝殿の方を見ると、お母さんと同じくらいの年代の女性が立っている。

その人はわたしたちを見て「森沢さんですか？」と尋ねた。

わたしは翔梧と顔を見合わせてから、女性に向かってうなずく。

「はい、森沢です」

「わたくし、ここの元宮司の娘の結川《ゆいかわ》と申します。お守りの返納についてご連絡があったと、ここを兼任してくださっている神社の宮司から聞きまして。お守りを預からせていただくためにお待ちしていました」

丁寧に言って、結川さんは用意してくれた返納箱を差し出した。

実は数日前、翔梧と話し合い、結ノ剋神社にお守りを返納することを決めたわたしは、現在神社を管理している宮司さんに返納について問い合わせたのだ。

その際、現在の宮司さんが駐在している神社でも返納可能だと言われたけれど、結ノ剋神社の神様に助けてもらったので、結ノ剋神社にて返納したい旨を伝えた。予定している参拝日や時間も伝えると快諾してくれて、返納箱を用意してくれる運びとなったのだが。

てっきり箱が拝殿や賽銭箱付近に設置されていると予想していたわたしは、まさか人が待っているとは思わず。

「わざわざ来ていただいてすみません……！」

慌てて深く頭を下げる隣で、翔梧も会釈する。

「いいえ。私も久しぶりに来たかったので。というか、実は、父がお守りを作る際、私も手伝ったんですよ」

「このお守りですか？」

翔梧と共にお守りを返納箱に並べると、結川さんは目を輝かせた。

「そうそう、これです！　懐かしい。ご病気の郁子《いくこ》さんが、可愛がっているお孫さんを自分の代わりに守ってくれるようにって、制作をお願いしてきたそうです」

郁子とは、わたしのおばあちゃんの名前だ。

結川さんは針仕事が得意で、お守りの袋を作ってくれたらしい。

「父が祈祷《きとう》したお守りの効果はありましたか？」

「はい、とても！」

「ふふ、お役に立ててよかったです。父も、恩返しができて天国で喜んでいると思います」

「祖母に恩返し、ですか？」

首を傾げると、結川さんは眉を上げる。

「あら、郁子さんから何も聞いてないですか？」

「はい……」

「父の話によると、昔、郁子さんはこの辺りに住んでいて、よくここに参拝にいらしてたそうです」

初めて聞く話に、わたしは目を見張る。

「そうだったんですね。それで、宮司さんとお友達になったんですか？」

「ええ、そう聞いてます。それである日、郁子さんが、中学校帰りの父を鬼気迫る顔で呼び止めたそうです。あと少し待ってと言って。そうしたら、目の前で土砂崩れが起きたそうで」

その話に、わたしと翔梧は視線を交わした。

おばあちゃんはもしかして、土砂崩れが起きるのを知っていた？

「郁子さんが引き止めてくれなければ、父はあわや生き埋めにされるところだった。

父は驚きながらも郁子さんに尋ねたそうです。もしや先見の明があるのかと。そうしたら郁子さん、結ノ剋の神様が教えてくれたんだと言ったそうです」

やはりおばあちゃんも、わたしたちと同じように時を戻ったのだ。

おばあちゃんにとって宮司さんがどんな存在だったかは知る由もないが、時間のリセットを経験し、事故を止めたわたしたちならわかる。

「なので、恩人なんだそうですよ」

「そうだったんですね」

「実は俺たちもお守りに助けられました」

「まあ、そうなんですね。時の神様は慈悲深い方なのでしょうね。宮司さんにも守っていただいたお話をして、お守りをしっかりとお焚き上げしてもらいますね」

「はい、よろしくお願いします」

一礼すると、優しい笑みを浮かべた結川さんも頭《こうべ》を垂れ、お守りを持って石段を下っていった。

「……おばあちゃん、時間リセットの先輩だったのかな」

「多分、そうじゃないか」

だからわざわざ依頼し、お守りを作ってもらった。そう考えたら、あの時の言葉も腑に落ちる。

『このお守りを持ってれば、いつかワカちゃんが困った時、神様がきっと助けてくれるよ』

そして、本当に助けてもらった。おばあちゃんと時の神様に、後悔を乗り越えるだけでなく、命まで救ってもらったのだ。

わたしたちは、拝殿に向かい手を合わせる。

——神様。

事故で死にかけていたわたしの、『後悔した日々をやり直せるなら』という願いを叶えてくれてありがとうございました。

おかげで、ずっと胸の奥にあった心の傷や弱さと向き合い、乗り越えることができました。

絵を描き直すことができたのも、完成させることができたのも、神様が時を戻してくれたから。

神様が与えてくれた繰り返しの日々の中で、わたしは大切な人から教わりました。

過去は変えられない。けれど、今を変えることはできる。

大事なのは、変えたい、変わりたいという強い思いと、行動。

失敗しても、生きている限り何度だってやり直せる。

勇気を出せば、色褪せた世界も鮮やかに色づいていく。

そのことに気づかせてくれた翔梧と共に時を戻してくれて、本当にありがとうございました。

これからも、大なり小なり、後悔を抱えて生きていくと思います。それでも自分らしく、前を向いて生きていきます。

おばあちゃんと神様にもらった今を、大切に。

神様、チャンスをくれてありがとうございます。

そして、守ってくれてありがとう、おばあちゃん。


まぶたを開き、顔を上げる。

ちょうど同じタイミングで翔梧も合わせていた手を下ろした。

「お礼できた？」

「できた。お前は？」

「できたよ。おばあさんは墓じゃないのか？」

「おばあちゃんにも」

指摘されて、「あ」と気づく。

神様と一緒に救ってくれた感覚だったので、ついおばあちゃんにもお礼を述べてしまった。

「じゃあお盆の時にもう一回お礼言ってくる」

「俺もいつか墓参りさせて。ちゃんとお礼言いたい」

「うん、ありがとう」

「いや、礼を言うのは俺の方だろ」

　ミンミン、ジーワジーワ。

　相変わらずあちこちから聞こえてくる蝉の声を耳に、もう一度拝殿に一礼してからわたしたちは踵を返した。

　参道の石畳を渡りながら、隣を歩く翔梧を見上げる。

「ね、今更だけど聞いてもいい？」

「いいよ。答えてやるかはわからないけど」

「翔梧のお願いって叶ったの？　お守り返しちゃって平気？」

　返納するのは、リセットする中で互いの後悔を解消したからだけれど、翔梧は以前『叶うまでは持つ』と言っていたはず。

　木の葉の隙間から差し込む陽を受ける翔梧は、わたしを見ないまま「叶った」と短く答えた。

「どんな願い事だったの？」

「……まあ、別に言うほど大したもんじゃない」

「大したものじゃないなら教えて」

叶ったら教えてやるって言ったのは翔梧だ。なので、少々強気に促すと、彼も覚えていたのか仕方なさそうに「はぁ」とため息を吐いた。

ちらり、翔梧の視線がわたしを捉え、しかしすぐに逃げていくと。

「いつか……和奏が困った時、今度は俺が助けてあげられますように」

言い切った翔梧は、赤くなった顔を隠すようにそっぽを向いた。

小学生の頃とはいえ、彼の願い事がまさかわたしのことだったなんて。

嬉しさと照れで体温が急上昇。顔が茹《ゆ》だってしまいそうなくらいに熱い。

今、熱中症で倒れたら、間違いなく翔梧のせいだ。

「願ってくれて、ありがとう」

羞恥で思ったよりも小さな声になってしまったけれど、翔梧には届いたようで。

「ん。俺の方こそサンキュ。お前のおかげで弘樹とうまく話せた」

ぼそぼそと感謝し返された。

「あれから堀江君はどうしてるの？」

長い階段を下りながら尋ねると、翔梧は目元を和らげる。

「部活も試合もちゃんと顔出してるし、リハビリも進めてる。けっこう順調らしい」

「順調！　よかったね！」

以前、堀江君はうまくいかない未来を恐れていた。けれど、いい方向に結果が出そうでわたしまで嬉しくなる。

「和奏は？　あれから藤原とは連絡取り合ってんの？」

「うん、実はお盆明けに遊びに行こうって話してるの。映画でも観ようかって」

「夏といえばホラーか」

「そう言われたけど丁重にお断りして、話題になってる漫画の実写映画になった」

恵美は以前と変わらずイケメンが大好きで、映画もイケメンがいるかが重要なのだ。今回観る予定のものは、イケメンがわんさか出るので、観終わったあと間違いなく恵美のテンションは高いだろう。

「うまくやってんだな」

「うん、おかげさまで」

リセットされる日々を脱したあと、最初の頃はうまく伝えられないこともあったけれど、最近は言葉を呑み込んで流されることはほぼなくなった。

あんなに苦しかった日々が嘘のようで、こんな今をくれた神様とおばあちゃん、そして翔梧には感謝の気持ちでいっぱいだ。

「ね、新しいお守り、どこかに買いに行かない？　次の大会に向けて勝負守りとか」

「バスケは自分の力で勝負するからいい」

「かっこつけてる」

「つけてねーよ」

恒例になりつつあるやり取りをして、わたしたちはどちらからともなく笑った。

「でも、お前が新しいお守りを欲しいなら、このままどっかの神社に行くか？　もしくは遊園地であの喋るやつ獲るか」

「覚えててくれたの？」

リセットから抜けたらまた遊園地に行き、景品を獲ってくれるという約束。

翔梧が覚えていてくれたのが嬉しくて、わたしは顔をほころばせた。

「当たり前。で、どうする？」

腕時計を確認すると、現在十五時を回るところだ。

神社は十七時に閉まるところが多く、場所もまだ決まっていない。けれど、遊園地は夏の期間中ナイトパレードを開催しており、閉園は二十一時だ。今から行けば、五時間は満喫できる。

「じゃあ、遊園地で！」

「決まり。行くぞ」

そう言って、翔梧はあぜ道を軽快な足取りで進んでいく。

ナイトパレードを見るのは何年振りだろうか。去年、柚子が彼氏と行ったはず……と、記憶を掘り返していたわたしは、遊園地にまつわるひとつのジンクスを思い出していた。

いつまでも想いを伝えられない、意気地のないわたしの背中を押してくれるようなジンクス。

「翔梧」

「ん？」

隣を歩く翔梧は、田園風景を眺めながら生返事をする。

「夜の観覧車のジンクスって知ってる？」

それは、日没後の観覧車に乗り、天辺で告白して結ばれたカップルは別れることなく幸せになれるという、どこの遊園地にもよくあるもの。

「あー……まあ、なんとなく」

「本当だと思う？」

大好きな人と生涯を共に過ごし幸せになれるなんて、最高のハッピーエンドだ。

もしもジンクスが本物なら、精一杯勇気を出して想いを伝えたいけれど、フラれたらと思うとつらい。しかもそのあと、あの密室で向かい合ったまましばらく過ごすなんて地獄すぎる。だったらジンクスに頼らず、今ここで伝えてしまう方がいいのでは……と、悶々としていると。

「さあな。でも……」

言いかけた翔梧の手が、わたしの手に重なって繋がれる。

暑いのに、しっかりと。

そして、わたしが勇気を出すよりも早く。

「俺らで確かめてみるか」

翔梧が、わたしたちの関係を変える一歩を踏み出してくれた。

告白になりそうでならない、ギリギリのラインで。

「こ、これ、観覧車で言う意味なくなっちゃうんじゃない？」

「ちゃんと言ってないしセーフだろ」

羞恥のせいで、互いに顔を見ないままぎこちなく会話を進めていく。だけど、重なる手は、指を絡める恋人繋ぎに変わっていて。

「で、天辺いったら俺から言うでいい？」

「えっと……平等に同時とか？」

まだどちらも決定打となる告白をしていないのに、互いの気持ちもバレバレで。

「それ難しいだろ。なんて言ってんのか聞き取れなくて失敗確実」

「大丈夫。失敗しても、もう一周してやり直せばいいし」

生きていれば何度だってやり直していい。

そう教えてくれた本人に伝えると、彼は立ち止まってわたしを真っ直ぐに見つめた。

「やり直しは必要ない。俺から言わせろってこと」

普段素っ気ない彼のストレートな想いと熱のこもった瞳にめまいがしそうだ。

「またかっこつけてる」

茶化しちゃいけないとわかっているけれど、このままじゃ正気を保てず倒れてしまいそうで可愛くない態度を取ってしまう。

恥ずかしくて翔梧の双眸を見返し続けられず、火照った顔を伏せると、繋がれている彼の手にきゅっと力がこめられる。

「ようやくなんだ。かっこつけさせろ」

恋の熱を帯びて力なく掠れた声を聞き、わたしも彼の手を握り返す。まだ口にできない想いを乗せて。

そうして、見つめ合い、はにかみ合い、わたしたちは再び歩き出した。

歩幅を合わせ、言葉を交わし、駅のホームに並び立つと、夏の蜃気楼を抜けて電車がやってくる。

噴射音と共に扉が開き、わたしたちは手を繋いだまま、冷房の効いた電車に乗り込んだ。

ふたりで歩む、新しい世界を描くために。

END

この物語はフィクションです。実在の人物、団体等とはいっさい関係ありません。